誰にも聞けない短歌の技法Q&A

日本短歌総研

飯塚書店

この本を読まれる方へ

短歌という森に分け入ってずいぶん経ちます。森とはいいながらも細い遊歩道が走り、その遊歩道もいろいろに分岐しています。進むにつれて花は種類と数を増し、鳥獣も見え隠れしてきます。日々短歌を求め、楽しみながら歩いている道ですが、立ち止まると疑問も湧き、小さな不安も湧かないでもありません。そういう時には一人で考えたり仲間と議論したり先人に尋ねたりいろいろしたものです。こういうポイントをカバーするような一冊が身近にないものだろうか、と時に思います。

そんな発想からこのコンパクトな本は編まれています。作歌を初めて数年、森から少し入ったところで、ときどき立ち止まる、そんなときの道しるべを目指しています。

十人でそれに取組みました。このメンバーはこれまで、多くの短歌を読み、作り、学び、考え、楽しみながらそれぞれのプロセスの中で、工夫してきました。疑問点について自問自答もしました。先人の著作に解を求めたり、先輩に直接尋ねたりもしました。短歌と共に生きるとは、そういうプロセスの連続に違いありません。この本ではこのメンバーがこれまでに自らに問うたり訊かれたりしたことをベースに50の「Q」を集めました。

このメンバーは同一の結社や作歌集団に所属するものではありません。作歌の技法はそれぞれの信じるところに拠っています。したがって、偏りはありません。職業も、大学や高校の教員、公務員、経営者、ビジネスマン、画家とさまざまであり、著作も多方面に亘っています。共通するのは、それぞれ、長いこと短歌を愛し、楽しみ、考究してきたことです。

ここでは全員協力して得意分野について分担執筆しました。このQ&Aの中には執筆者の初心の頃からの、いわゆる永遠のテーマもありますが、同時に、今日的なものもあります。そして、それぞれが今日現在関係する、教室やカルチャーセンターでの「生きたQ」を厳選して編成しました。ここでの「A」は各人が長期間にわたって短歌を読み、作り、批評し、つまり愛してきた時間の集大成です。仮に平均のキャリアを少なめに三〇年と見立てても、三〇〇年分！　の体験からのお答えになるという次第です。

短歌は楽しく、素晴しい友です。生涯のベストパートナーです。

この一冊が皆さまの中で根付き膨らんでくれることを願ってやみません。

二〇一八年春

日本短歌総研　依田仁美

目次

第二章 短歌を学ぶ

第五章　短歌と生活

第一章　短歌の基本

Q01

短歌を始めて三年経ちましたが、主題や題材の選び方について困ることがあります。よく「見たままを書けばいい」と言われるのですが、どうも焦点が絞りにくいのです。何かヒントはありませんか。

【ポイント】主題・対象を見る方法

A

「見たままを書く」というのは正に基本で正しいには違いありません。しかし実際に「見たまま」と言われても、漠然としすぎているかも知れません。やはり書くためには、どうしても「見る対象を絞る」ことが重要です。そんなことから、私は「書くように見る」ということを勧めています。同じ対象も見方で変わるからです。

対象をどう見るかは人さまざまです。同じ知識があり、同じ対象物を見ていても、「見方」によって発見の可能性が増減します。ここでは作歌の際の「ものの見方」について、チェックリスト風に書いてみます。たとえば、薔薇を見る場合です。

薔薇は美しい（対象そのものの第一印象）
薔薇は静かだ（ちがう見方を試みる。いわば第二、第三印象）
薔薇が歌っている（状況を別の形に見立てる。擬人化など、観察者の心理の投影でもある）
薔薇に蜂が止まる（対象に何かを加える）

蜂が薔薇に酔う（もとからの対象に何かが加わった新しい状況で再度見立てる）
薔薇が蜂を酔わせる（同じ対象物の主客を入れ替えて見直す）
薔薇の白と蜂の黄色（同じ対象物を違う観点から見直す）
薔薇もいつか枯れる（先を見通す）
兄は薔薇が好きだった（過去を回想する）
薔薇と百合は個性が違う（分析的に再整理する）

これらは、言ってみれば一連の「類想的展開」です。また、もうひとつ短歌のフィルターを変えるとまた違ってきます。たとえば表記法です。次の違いについて考えてみてください。
薔薇が歌っている／バラが歌っている／ばらが歌っている
それぞれ味が違いますね。植物名はカタカナで、という人もいますが、そういう点は作者・歌人としての自分の意思できっぱり決めればよいことです。
次に、作品という実例を通して、もういちど例を見ましょう。

くれなゐの二尺のびたる薔薇の芽の針やはらかに春雨の降る　　正岡子規
（「描写」に徹しています。色、形状を観察し、最終的に全体像を明確に仕上げます）

向日葵は金の油を身にあびてゆらりと高し日のちひささよ　前田夕暮

（観察から「印象」への独自の視線、独自の言い回しによるしぼり込みが鮮やかです）

この三朝あさなあさなをよそほひし睡蓮の花今朝は開かず　土屋文明

（毎日見ていて、その違いを捉えています。「定点観測」も有効な手段です）

萱《くわん》ざうの小さき萌《もえ》を見てをれば胸のあたりがうれしくなりぬ　斎藤茂吉

（じつに素直な感想です。まさに「感じたまま」といえましょう）

花蘇芳《はなすほう》花ちるころは天平《てんぴやう》の人のおもかげにたてよとぞおもふ　金子薫園

（目に見えないものを「イメージ」します。描写とは違う世界が立ち上がります）

君と見て一期《いちご》の別れする時もダリヤは紅《あか》しダリヤは紅《あか》し　北原白秋

（目に見えるものを「状況と対比」して述べています。心理を強く打ち出しています）

さて、現代に目を移しましょう。

赤き青き花のかたまり輪唱の輪《わ》に消《に》てけむる雨の花市　春日井建

（視覚的な「輪」から「輪唱」を想起します。この転換に独自の感覚が光ります）

向日葵は枯れつつ花を捧げおり父の墓標はわれより低し　寺山修司

（これは、花より墓標が主役です。が、ここでの向日葵は何とも名脇役です）

あじさいの花の終りの紫の濡れびしょ濡れの見殺しの罪　佐佐木幸綱

（あじさいに降り注ぐ雨から独自のリズム構築に詩心を走らせています。）

朴の花匂ふ幾日か重たきに書かむ手紙を書きそびれゐつ　石川不二子

（ここでは朴の花を観察の対象というより気分の演出として登場させています）

花にんじん手を振るように吹かれおりかなしい眉は消してしまおう　梅内美華子

（花にんじんを見ながら対話の気分です。花を心を持つ友人のように捉えています）

寂しさの湧けるあざみのけふはなく草はら刈られ日の照るばかり　久我田鶴子

（無くなってしまったという喪失感から、ありし日のあざみの表情を追懐しています）

私はよく、「見る、→メモる、→絞る、」の「三つのる、」を「三《み》る」として勧めています。先日その話をしたら、友人が「その前にもうひとつ大事な「る」があります」と言うのです。それは「歌人のスイッチを入れる、」というものでした。なるほど、「さあやるぞ」というスイッチが入ればなおのことです。

そういう意識でいろいろに見て、要点をメモっておき、あとで対象を選ぶのが効果的でしょう。もちろんこれが、その場でひといきにできればそれに越したことはありません。

Q02 ときどきあなたの短歌は俳句的だ、と言われることがあります。俳句と短歌の違いとは何ですか。

【ポイント】俳句と短歌の違い

A

俳句は「和歌」から生まれてきました。

室町時代（十四世紀）にはいると、「和歌」の上《かみ》の句（上句《かみく》ともいう）五七五と下《しも》の句（下句《しもく》ともいう）七七を別の人が作る連歌が流行し、江戸時代になると、上の句の五七五だけを独立させて俳句が生まれてきたのです。さらに季語という一つの約束を伴って。

詩の機能としても、「和歌」の七七という情念の尻尾が取れた分、認識の詩としての機能が大きくなりました。「や」などの「切れ字」の効果を生かして、森羅万象に定型の鋭い切り口を入れる凝縮の詩型だと言えましょうか。

子を殴《う》ちしながき一瞬天の蟬　　秋元不死男

私の好きな俳句を引用します。この句にも「蟬」という夏の季語がはいっています。この句には切れ字はありませんが、「一瞬」のあと「天の蟬」へとつながっていく間《ま》は、切れ字以上の凍りつくような間があると感じられます。「ながき一瞬」という矛盾した言葉も気にならないほど、子も親も永遠に匹敵するような痛みを共有していることが切々と伝わってきます。血の痛みです。その痛みに空から蟬の声が降ってくるのです。宇宙の痛みです。ひょっとするとこの蟬の声には痛みを癒す声も混じっているかもしれません。この俳句には、人間についての、時間についての、宇宙についての深い洞察があります。

それに対して短歌は、情を抒《の》べる抒情の詩型だと言えるでしょう。短歌では、風景だけを淡々と詠んだとしても、そこにはその風景を見ている人の感情がしみじみとにじみ出てきてしまうのです。「てにをは」という助詞や「なり、けり、べし」などの助動詞が奏でる微妙な感情の翳りが、しらべに乗ってどうしても出てしまうのです。

体刑を子にくわえたる日の月夜ただよえるごとし草木もわれも　　伊藤一彦

先ほどの俳句と同じく、子を打った親の感情を詠んだ短歌です。ここにも親と子の痛みが月夜に漂い出し、森羅万象をも震わせる痛みとなっておのれに還ってくるという痛みが、重ねられていく動詞や助動詞や助詞が奏でる韻律からにじみ出てきて、切々と伝わってきます。短歌では、それを感情の「しらべ」と言います。

短歌は、「それじゃ、一句（一首）詠んでください」と言われて、すぐに詠めるような詩型ではないようです。感情の矯《た》めというのか、撓《たわ》めというのか、感情の揺らぎが言葉となって「しらべ」を奏ではじめるまで、長く時間がかかることもあります。よく混同されますが、俳句と短歌という定型短詩型には先ほどから述べてきたような機能的な違いのあることを理解してください。

そんなことも視野に入れながら、三十一文字からなる短歌の構造をもうすこし見ていくことにしましょう。

先ほど引用した秋元不死男の俳句には切れ字はありませんでしたが、「一瞬」のあとに間《ま》があると言いました。この意味内容の切れ目を「句切れ」と言います。短歌では、俳句で多用する「や」のような「切れ字」はあまり使いませんが、「句切れ」によって場面を転換することがあります。切れる位置によって、初句切れ、二句切れ、三句切れ、四句切れ、句切れなしとなります。「句切れ」が一カ所と限らない場合もありますが、だいたい「句切れ」のある場所は、作者の感動を集約しつつ、情景や感情を切り替えるポイントと考えていいでしょう。先ほど引用した伊藤一彦の短歌は四句切れです。四句で切って森羅万象を呼びこんでいます。

夜半さめて見れば夜半さえしらじらと桜散りおりとどまらざらん　馬場あき子

馬場あき子のこの歌も四句切れ。夜桜に女性の情念のはげしさを見ていると読んでいいのでしょう。「桜鬼」とも喩えられる桜は、「しらじらと」した女性性を秘めて、夜にはことにその本質や深淵を見せるのかもしれません。「桜散りおり」と四句で切れ、結句で「とどまらざらん」と詠い収められた桜の命のひたぶるさは、鬼気せまる女性の情念の一面をとらえているように思われます。

ゆく秋の大和の国の薬師寺の塔の上なる一ひらの雲　　佐佐木信綱

ゆったりと助詞の「の」によってつながれていき、「なる」という助動詞で薬師寺の三重塔の上の一片の雲に焦点を合わせていく句切れなしの一首のしらべは、美酒の酔いにも匹敵するまったりとしたしらべを奏でています。

Q03

日常詠・生活詠にも詩性を持たせることが必要だという言葉を聞きますが、短歌の詩性はどうすれば表現できるのでしょうか。【ポイント】短歌に詩性をもたせる

A

もちろん日常詠・生活詠にも一首としての屹立した作者の持つ詩が存在すると思います。ではどうすれば詩を持った短歌を詠めるでしょうか。

一首を解説、批評するときでも簡単に、「これが詩です」とか、「この言葉が詩性を持っています」と定義ですることはできません。では一首に詩の存在を詠み込むとはどういう事でしょう。日常詠の詩をどのような作品に見つけていけばいいのでしょうか。いくつかの作品をあげてみましょう。

母にまだ心の形ある時の言葉が銀器のごとく輝く　高山邦男
馬鈴薯の命は温《ぬく》しでこぼこの皮を剥きゆく冬の夜かな　同
死ぬほどの幸せもなくひっそりと障子の穴をつくろっている　山崎方代
手のひらに豆腐をのせていそいそといつもの角を曲りて帰る　同

これらは生活詠と位置付けられる作品と言えますが、四首とも作者の精神を通しての詩を感じることができるのではないでしょうか。

一首目は母に対する思いやりです。母は認知症にかかっているのではないかと想像できます。作者は母の状態を表現するために「心の形ある時の」という言葉を生み出しました。これは作者の持つ詩性と考えます。作者はあからさまに詠むことには母の尊厳に対しての畏れを感じ、表現に悩んだことでしょう。そうして作者が見いだした言葉が「心の形ある時の」であったものと推察できます。そこに詩が生まれたのです。

二首目は同じ作者ですが、これも生活のひと時を詠んでいます。馬鈴薯の皮を剥きながら作者は日常の生活の中から作品を生み出しました。凸凹のジャガイモの皮を寒い冬の冷たい水に手を付けながら剥くのは億劫な思いが生まれますが、作者はその命が温かいものだという認識から、それを頂くものの幸せを表現したかったのだと思います。「馬鈴薯の命は温し」という表現は作者の発見であり、そこに詩が生まれました。

三首目、四首目も日常の一コマを詠んだ作品です。普通に表現したら何でもないことと思えますが、平凡な日常を「死ぬほどの幸せもなく」と表現したことで読者を一瞬立ち止まらせるものが生まれました。四首目も「いそいそと……」と詠むことで、日常のただごとを幸せにつないで読者に訴えるという効果を狙っていると感じます。

詩性とはある種のロマンの表現でもなければ、衒《てら》った言葉や美辞麗句をならべるものでもありません。作者の内から沸きあがる感動をどのように表現するかにかかっています。

ここでもう一つ具体的な作品をどのように詩に昇華させればいいのかを、作品をひいて考えてみましょう。


鎮魂の色して藤の花一輪が散る　気候不順に逝く人多く　　　　梓　志乃

この一首に、ある歌人であり俳人としても活躍する作家から次のような批評があり、「一字アキの上句にとても詩性を感じます。でも下句が上句の説明になっている様に思います。上句だけで自由律俳句として成立しています。成立しているから下句が説明になるのでは？ならば上下逆にしたらどうなるのか？」というものでした。

「気候不順に逝く人多く　鎮魂の色して藤の花一輪が散る」としたら確かに批評の通りで、上下逆にした作品はもとの歌とは読んだ時の感覚がまるで違います。そのあたりをもっと考えるべきでした。何よりあまり理屈っぽい表現を避けて、言葉の省略と内容の凝縮を考えなければなりません。作者としてはとにかくあれもこれも言いたいのですが、内容をうまく凝縮して言い過ぎをしないように心掛けましょう。

君かへす朝の舗石さくさくと雪よ林檎の香のごとくふれ　北原白秋
結ばるる日も淡き夢にして君は未だ赤きネクタイが似あふ　中城ふみ子
春の日を病みてこもればきみのため一枚の皿も磨くことなし　同

それぞれ相聞歌ですが詩情あふれる作品です。

一首目は若き日に恋多きと言われた歌人であり詩人でもある作者の相聞歌で、無味無臭の雪を「林檎の香のごとく」とした下句のロマンと幻想性に富む朝の雪景色とが一首を詩に昇華させた作品です。

二首目は若い恋人への相聞、三首目は病気にこもってしまい、何もしてやれない恋人か夫への思いですが、その寂しさを寂しいとも辛いとも表現せず「一枚の皿も磨くことなし」と日常の生活感からの表現にしたところで、「ただごと」から救われ、詩が生まれたのだと思います。

短歌は相聞と挽歌に尽きるとも言われます。年齢にかかわりなく相聞歌は詠みたいものです。対象は恋のみならず自然へのあこがれでも、愛しいと思う幼子へでもいいでしょう。そこには若さが存在し、精神の若さから詩情豊かな作品は生まれるからです。

Q04

文語で短歌を作りたいのですが、動詞や助動詞の活用が苦手です。しかし、口語ではうまく三十一字に収まりません。このあたりのことを手っ取り早く覚える方法はないでしょうか。

【ポイント】口語と文語の相違点

A

短歌は文語で書くものという常識のようなものがありますが、まず、その文語とはどんなものでしょうか。平安時代に京都で使われた言葉、というのが一般的な考えだと思いますが、しかし現代の文語短歌は、平安時代の人々には理解できない言葉が多い。たとえば、ＪＲとかＤＶＤとかＳＬとかのアルファベット言葉。平安時代の都ではアルファベットが使われていなかったし、だいいちＪＲとかＤＶＤとかＳＬという物自体がない。テレビやラジオやビルといったカタカナ言葉もない。これも物自体が存在しません。文化や社会や科学や日曜日など、明治になってから作られた漢字熟語もたくさんあります。写真を「うつしえ（うつしゑ）」と読んだりして、漢語を和語で翻訳する方法もありますが、しかし写真自体が平安時代にはなかったのですからこれでは苦しい。

ワイシャツとかズボンとかスカートとかヨーロッパから入ってきた服装もありますが、これも和語に翻訳したらやはり苦しいでしょう。短歌では現実の写実を主張する方向もありますが、有職故実事典で現代の服装に近いものを当てはめて短歌を作ったとしても、現実感のない妙なものになるでしょう。パン、ケーキ、ウイスキー、ビールなど、食べ物に関しても同じようなことが言えるでしょう。

平凡に涙をおとす耶蘇《やそ》兵士《へいし》あかき下衣《ちょつき》を着たりけるかも　**斎藤茂吉**

歌集『赤光』の中の斎藤茂吉の歌ですが、これ、平安時代にあった言葉だけで表現できますか。つまり、少なくとも名詞に関して言えば、平安時代にはなかった言葉も使わざるをえない。それに、平安時代の和文では、現代の散文のようには漢語は多く使われていませんでした。その中でも、和歌では「梅」や「菊」を除き、漢語はほとんど使われていません。現代の短歌のように、漢語、外来語の多い短歌を、「和歌」と認めることは考えられなかったことでしょう。

すなわち、現代の短歌は、現代語を主とした「詞」（すなわち自立語）の下の、活用語尾、助動詞、助詞など、いわゆる助辞部分に文語を使った形のものになっています。この助辞の使用は近代短歌より現代短歌に、より少なくなっていると思われます。

文語短歌で難しいのは、助辞の複雑さと、それに関連することですが、動詞、形容詞など活用語における活用の違いでしょうか。たとえば口語だと、「落ちない、落ちた、落ちる落ちるとき、落ちれば、落ちよ」と変化するところ、文語では「落ちず、落ちたり、落つ、落つるとき、落つれば、落ちよ」と変化します。この「落つ、落つる」のいわゆる終止形と連体形は、口語では実際には連体形だけになり、連体形「落ちる」が終止形の役割も兼ねるようになったわけですが、一つになってしまったものを二つに戻して分けるのは、あんがい難しい。結局、文語短歌を作るためには、文語を理論で覚えるより、多くの文語作品に接することにより、帰納的に体得するという昔ながらの方法が今でも有効です。

一方、口語短歌で難しいのは、助辞の使用が減ったこともあって、五七五七七の定型から文字数がはみ出しやすくなったことでしょうか。字余り歌の生じることが増え、漢語、外来語の増えたことと相まって、短歌の散文化がより進んだのではないでしょうか。

文語では、「時」に関する助動詞に過去の「き」「けり」、完了の「つ」「ぬ」「たり」「り」、その複合した「てき」「てけり」「にき」「にけり」「たりき」「たりけり」など、微細に使い分けができます。口語では、「た」「ている」「ていた」で済ませるところ、複雑な表現ができていたということになりますが、逆に言えば、複雑な使い分けをしなければならなかった、ということでもあります。もっとも、「時」に限らないですが、口語では文語文末の助動詞、助詞で表していた違いを、あらかじめ文の前で、副詞、接続詞、名詞などで表しておくといった方法も取られます。たとえば、「きのう行った、たったいま行った、すぐに行った、去年行った、昔行った、たびたび行った、続いて行った、先月の七日に行った」などとすれば、助辞で区別するよりも簡単にして詳細に表現できるというものです。

さて、一言で現代語と言っても日本語の場合、文章語と口頭語（話し言葉）との違いが大きい。口頭語では、公の場で使う言葉と仲間うちや家庭内で使う言葉が大きく違っています。東京のいわゆる下町言葉を含めた方言の違いは大きく、性差や世代差による違いも大きい。ただ、最近では口語による短歌表現が急速に進歩してきたように思います。口語短歌が文語短歌を、少なくとも量的には凌駕する時代が来るかもしれません。質的にはなんとも言えないところで、文語がふさわしいと思う作品は文語で、口語で表すのがよいと思う内容の作品は口語で作るのが、今はいいのではないかと思います。

誤植あり。中野駅徒歩十二年。それでいいかもしれないけれど　大松達知
木村拓哉は知っている顔に似ていると考えて結局それは木村拓哉なり　花山周子

意図的ながら文語と口語を混用している作品たちですが、それが何か？　という時代になってきているようです。

Q05

先日、校正担当者の方から、私の作品に仮名遣いの誤りがあったと指摘されました。旧仮名遣いをマスターするにはどうしたらいいでしょうか。

【ポイント】旧仮名と新仮名の表記法

A

まず、旧仮名遣いが載っている辞書を引くことです。辞書によっては、和語（大和言葉）の旧仮名は載っていても、漢語の仮名については、後ろに一覧表が掲載されている程度の場合があります。一覧表で仮名遣いをマスターするには、あらかじめそれなりの勉強がいりますから、できれば漢語の一つ一つにも旧仮名遣いが載っている辞書が便利です。

次には、歌会に出席して、短歌の先輩から教えてもらいましょう。旧仮名も短歌を作って何年もたち、経験を積めば、しだいにわかってきます。歌会の先輩などは、文語文法や旧仮名の知識があるために先輩顔をしておれるのですから、遠慮なく聞けばよいでしょう。

辞書で出てくる単語すべてを引くのはたいへんです。まず見当をつけてみましょう。和語と漢語では少々、様子が違うので、和語から述べます。

まず、「わいうえお」です。現代仮名遣い、つまり発音通りに書いて、これが出てきたら疑いましょう。「思わない」「思います」「思う」「思えば」「思え」とあれば、「思はない」「思ひます」「思ふ」「思へば」「思へ」と書くことは、すでに知っておられるでしょうが、「思はう」を「思おう」と書いてしまう間違いをしがちです。「思は＋む」が「思は＋う」となり、現代の発音では「思おう」「思おー」となったものですから、旧仮名では「思はう」、新仮名では「思おう」です。ちなみに新仮名「考える」の意志をいう「考えよう」は、旧仮名では「考へよう」です。「考へ＋む」が音韻の変化を起こし、結果として「考えよう」となったものですから、「考へよふ」は間違いです。「考へやう」は「考へ」に漢語の「様」が付いた「考え様」で、別の言葉となります。

文語の「思ひたり」は口語新仮名にすると、「思った」となりますが、関西では「思うた」となります。この「思うた」を旧仮名にすると「思ふた」と書き間違いやすいので気をつけましょう。共通語では「思うた」はふつう使われませんが、「舞った」「問った」は同音の別のことばと勘違いされやすいからか、「舞うた」「問うた」となりやすいものです。これは旧仮名でもこの通りで、「舞ふた」「問ふた」とすると書き間違いとなるので、気をつけましょう。

旧仮名になれてしまうと、旧仮名を使う醍醐味はこのあたりにあるとばかり、ますます興に乗ってきますが、このあたりで、すでにうんざりした方は、旧仮名をあきらめて新仮名に変更したほうがいいでしょう。言葉の問題にとりつかれてしまうと、詩歌にとって重要な言葉以前の直観力がなおざりになってしまう恐れがあります。受験勉強の影響もあって、学校の国語の時間のように、直観以前にやたらに言葉、つまり概念による回答を求めるようになってしまいかねません。

「わいうえお」がまず問題になると書きましたが、これは動詞の活用語尾の他にも使われます。ただし、語の頭、つまり最初にある場合、「わ、う」はそのままです。「い」は井戸、猪、居るなど、わずかな例だけ「ゐ」で、あとは「い」です。「え」も「ゑ」となるのは「笑む」「笑顔」などわずかな例だけです。「お」は少し例が多くて、「お」か「を」か、またときには「あ」となりますので、少しやっかいです。現代語の「お」の旧仮名は、念入りに辞書で調べましょう。「扇」は「あふぎ」「仰ぐ」は「あふぐ」など、少しややこしいものもあります。

語中語尾の「わいうえお」は「はひふへほ」「わゐうゑを」「いえお」などになる可能性がありますから、一語一語、丹念に調べましょう。新仮名の「老いる」は文語の「老ゆ」から来たので「い」を使用、「植える」「飢える」は「植う」「飢う」から来たので「え」でなく「ゑ」を使用する(「植ゑる」「飢ゑる」と書く)など、覚えたほうがいいでしょう。

なお、「耐える」「絶える」は、旧仮名で「耐へる」「絶える」と書きます。

他では「じ、ぢ、ず、づ」の区別はやっかいですが、これも辞書を引くしかありません。

さて、これは面倒だと、お手上げになりそうなのが漢語です。平安時代の和歌では漢語はほとんど使いませんでしたから、面倒はなかったでしょう。しかし、現代短歌では漢語を頻繁に使います。火事、山茶花の「か」は「くわ」で、家事の「か」はそのまま、といった例もありますので、「か」も調べなければなりません。「しゃ、しゅ、しょ」「ちゃ、ちゅ、ちょ」などはどうするのか、法師、塔、蝋燭など、現代でホー、トー、ローと引き延ばす音はどう表記するか、面倒ですが初心のうちはひたすら調べましょう。

散文だと、漢語は漢字のままで書くという方法も通せますが、短歌では漢字が多すぎたりすると詰屈な感じがして、ひらかなで書きたくなったり、読みが難しいものはルビを付けたりしたくなりますので、そうもいきません。

なお、口語短歌も文語短歌も、旧仮名、新仮名のどちらで書いてもかまいません。

新仮名遣いにも王子の「王」が「おう」、大路の「大」が「おお」であるなど、ややこしい問題もありますが、すでに学校で習ったことですし、辞書の付録記事を読めばわかることなので、ここでは省略いたします。

Q06 短歌を作るにあたり、文語で表現しようと思っているのですが、どのようなことに注意をすればいいのでしょうか。【ポイント】注意したい文語表現

A

短歌の世界では、なぜ文法というものがいつも話題になり、指導教示の対象になっているのでしょうか。

小説や詩では表現における文法が問題になっているということは、ほとんど聞いたことがありません。もちろん仲間内の勉強会などでは指摘されることなどもあるかもしれませんが、総合誌の中のシリーズや特集で「文法」が取り上げられているということは、寡聞にして知りません。

ではなぜ短歌において、「てにをは」の指導がこうも頻繁に行なわれているのでしょうか。不思議なことに、短歌の表現は現代においてもいわゆる「文語表現」が主流であるからだと思われます。文語表現というのは、歴史的仮名遣いを用い、古典文法に基づいて表現する方法です。古い結社では厳しく文語表現を指導している所もたくさんあるようです。

私たちは毎日の生活の中で、文語と接する機会がどれほどあるでしょうか。ましてや自分が文語表現でものを書くなど短歌を書かない限りまずないでしょう。私たちが小さい頃から学校で習った国語表現は現代語であり、文法はいわゆる「口語文法」です。高校時代に『源

氏物語』や『伊勢物語』と一緒に古典文法を学びましたが、その数年の関わりだけで、それ以後、文語を日常生活に取り入れている人はごくまれだと思います。「～さふらふ」というような手紙を友人に書いている人は、現代教育を受けた人の中でどれほどいるのでしょうか。

ではなぜ短歌はいまだに文語表現なのでしょうか。残念ながらその明確な答えをここに書くことはできません。なぜなら、だれもが納得できそうな答えが見つからないからです。

ここで一つ考えていただきたいのは、文語表現を使って短歌を作ろうという方は、現代において文語で表現する意図をぜひ考えて欲しいということです。また自分にとって文語表現でなければならない必然性をいつも考えて欲しいと思います。

そして、文語で表記する以上本来の文語文法をしっかり身につけるようにしなければならないと思います。

ところで「文語表現」といいますが、厳密にいえば「文語」というのは「文章を書くのに用いることば、書きことば」であり、「口語」（口で話すのに用いることば、話しことば）に対するものです。ですから現代の表現方法の中にも「文語」「口語」どちらもあると考えるのがいいと思います。一般的に「文語表現」と言っているのは、平安時代の表現方法で、高校生の古文で習う仮名遣いや文法に基づいて表現されたものをさします。

平安時代に書かれた例えば『源氏物語』や『伊勢物語』は、当時の話しことばによって書かれています。例えば表記の面で見たとき現代では全く同じ発音をする「お」「を」は、当時「ウォ」と明らかに違う発音をしていました。それが時代が下るに従って発音の区別がなくなり、表記の違いだけが残ったのです。平安時代の日本人が話しことば（口語）で書いたものを、現代の私たちは「文語表現」としてとらえているのです。

私たちがものを書くにあたっていわゆる「文語表現」を使わなければならないという必然性は全くないのです。昭和二十一年以後、日本語表記に関して国語審議会により現代の表記に関して告示され、私たちは学習してきました。正しい日本語表記は現代語の発音に基づいた表記として定着してきたものです。

さて、改めて現代短歌の表現方法を考えてみてください。生活様式が変化してきたように、言葉も表現方法も時代によって変化してきました。現代には現代の表記方法が定着しています。そんな状況の中で短歌であるがゆえに古代人の表記を敢えて使う必然は何か。「文語表現」を使うことを否定しているのではありません。歴史的仮名遣いで、古典文法に従って表現する明確な根拠があなたにあればいいと思います。それは使いながら自分の中で育てていくこともできると思います。「文語表現」でなければならない必要性をしっかり認識しておかなければ、現代における表現方法として形だけの表面的なものでしかないと思います。

現代短歌を作るということは、私たち一人ひとりが現代の日本語に責任を持つということでもあります。

最後に入門書ではありませんが、現代短歌の表現について書いている本で、信頼できるものをご紹介します。それは、『現代短歌のことば』『現代短歌用語考』『歌ことば事情』（以上、邑書林）の安田純生の三部作です。ぜひ参考に手に取ってみてはいかがでしょうか。

Q07

短歌でなやましいのは「上二段活用」「下二段活用」など、複雑な動詞です。さらに、特殊と思われるもの、例外と思われるものも多いようです。参考になることを教えてください。

【ポイント】短歌の文法（動詞の活用）

A

文法の話は極めて複雑で専門家の間でも諸説あることが多いのですが、日常的に短歌を作る範囲内でのことをなるべく簡潔に書きます。できれば活用表を手許に見ながら再読してください。

動詞の活用は口語よりも文語の方が複雑です。というよりも、時代とともに簡略化が進んだともいえます。

簡単に口語動詞と文語動詞の活用の形態を比較しましょう。

口語　五段活用　　（文語　四段活用）
口語　上一段活用（文語　上一段活用、上二段活用）
口語　下一段活用（文語　下一段活用、下二段活用）

このほかに、変格活用（口語では、カ行、サ行、文語ではこのほかにナ行、ラ行があります。）

口語下一段活用と文語下二段活用

島崎藤村の詩「惜別の歌」の「流るる水を眺むれば」を口語で書くと、「流れる水を眺めれば」となります。文法では「流る」を「流」と「る」に分けて、前者を「語幹」後者を「語尾」といいますが、その語尾が活用することはすでにおわかりでしょう。

具体的に書きますと、この終止形は口語で「流れる」、文語で「流る」で、その活用は「流れる」が、未然形から順に、「れ・れ・れる・れる・れれ・れよ（れろ）」文語では、「れ・れ・る・るる・るれ・れよ」です。見るとおり、口語は一貫してエ段、文語にはウ段とエ段が混じるので、それぞれ、下一段活用、下二段活用と呼びます。なお、この例で「ば」に続く形は口語では「仮定形」、文語では「已然形」となり、全く同じではありませんがここでは触れません。

文語下二段活用でア行に活用する動詞は「得《う》」と「心得《こころう》」だけです。これは覚えておくと便利です。また、ワ行に活用するのは、「飢《う》う」「植《う》う」「据《す》う」だけです。これも覚えておくと便利です。

文語下一段活用

これは、「蹴る」のみで、未然形から、「け・け・ける・ける・けれ・けよ」と活用します。見てわかるように、「け」は語幹ですから、「け」↓「く」など変化のしようがないのです。

口語上一段活用と文語上二段活用

先の下二段活用と同様です。口語「起きる」は、「き・き・きる・きる・きれ・きよ（きろ）」文語「起く」は、「き・き・く・くる・くれ・きよ」です。

また、ヤ行上二段活用のうち、終止形が「ゆ」で終るのは「老ゆ」「悔ゆ」「報ゆ」だけです。これは覚えておくと便利です。

口語上一段活用と文語上一段活用

口語「着る」は、「き・き・きる・きる・きれ・きろ（よ）」文語では、「き・き・きる・きる・きれ・きよ」です。命令形以外は同じです。これも、考えて見れば「き」は「語幹」であるので終止形でもウ段を取れないからです。そのほか、「似る」「干る」「見る」「射る」「居る」も同じ活用をします。

五段活用と四段活用

「行く」を例にとって比較すると、文語、口語ともに、未然形から、「か・き・く・く・け・け」、と活用し、口語はさらに未然形に「こ」がつき、「行こう」となります。これで、口語は五段になるわけです。これは「う」という助詞が口語だけにあることに依ります。

　さて、ここから、すこし特殊な例を見ましょう。

行く意志を表わすとき、本来であれば、文語では「行《ゆ》かむ」、口語では「行《い》こう」なのですが、文語脈でも口語助動詞の「う」を付けて「行かう」とする用法も見られます。

　なお、多くの文法書の「助動詞活用表」では「う」は「口語」に分類されていますが、『広辞苑』では「文語「む」の転」と示されていて、これを「文語助動詞」と見る説もあります。

　もうひとつ、下二段活用に関連して触れておきたいことがあります。口語の「飢える」「植える」の終止形は文語では、それぞれの終止形は、ワ行ですから「飢う」「植う」です。しかし、音声言語で流通する詩吟や能楽では、これを「飢ゆ」「植ゆ」と言っているので、これを耳にした経験があると紛らわしく感じます。『広辞苑』はこれをそれぞれ「「飢ウ」「植ウ」の訛」と説明しています。

　文法は幅も広く、奥も深いので、一気に記憶するよりも、疑問が湧くごとに文法書や辞書を眺めるのが良いでしょう。困ったときの問題意識は強い動機になります。

Q08

完了の助動詞についてその違いを教えてください。とくに、「「り」には要注意」と言われましたが、実際にはどういうことでしょうか。

【ポイント】短歌の文法（助動詞「たり」と「り」）

A

完了の助動詞には「つ」「ぬ」「たり」「り」があります。完了とは、動作が完結している、あるいは、その結果が現在まで存続している意を表わしています。

このうち、「つ」「ぬ」「たり」は活用語の連用形につきますが「り」は異色です。質問に沿って、まず、動詞に接続するときの「たり」と「り」を比較します。

ひとことで言うと「たり」は万能ですが、「り」はかなり特殊だということです。つまり「り」には「使えない形」があるのです。（左の表を見てください）

とは言っても、ポイントはひとつだけです「たり」がすべての連用形に接続するのに対して、「り」は四段活用の已然形、サ変の未然形に限り接続するのです。

ともすると、下二段活用につけて、「捨てり」とやりたくなりますので、ここは注意しましょう。例は引きませんが、歌集にさえ、しばしば見られる誤用です。

上段の動詞について、中段が、「たり」の活用例、下段が「り」の活用例です。

四段	聞く	聞きたり	(連用形に付く)	聞けり	(已然形に付く。命令形との説もあり)
上二段	起く	起きたり	(連用形に付く)	使えない	
下二段	捨つ	捨てたり	(連用形に付く)	使えない	※「捨てり」は誤り
カ変	く	きたり	(連用形に付く)	使えない	
サ変	す	したり	(連用形に付く)	せり	(未然形に付く)

こういうことですから、「捨てり」は「捨てたり」と書くことにしましょう。もちろん、「ぬ」をはさんだ「捨てにけり」としても問題はありません。

「ぬ」と「つ」の用法は似ていますが「広辞苑」の表記は簡潔明快です。「つ」は動詞・助動詞の連用形について、その動作・作用の完了・確認を表わす。奈良・平安時代には、作為的・意志的・情意的な動詞の下につき、無作為的・自然推移的動詞の下につく「ぬ」と区別がある。さらに、「つ」は「棄《す》つ」「ぬ」は「去《い》ぬ」から出たという記述もあります。

右の例から、動作の「言ひつ」や自然推移の「吹きぬ」が浮かびます。

また、ここで、「言ひつ」を「言ひぬ」と書き変えてみると、「やわらかな感じ」が出るのを実感されるのではないでしょうか。

Q09

いわゆる文語体で短歌を書いていますが、どうも助動詞の細かい部分がわかりません。たとえば、「しし」と「せし」、もうひとつは、「来し」を「こし」と読むべきか「きし」と読むべきかの二点です。宜しくお願いします。

【ポイント】短歌の文法（助動詞「しし」と「せし」、「こし」と「きし」）

A

「過去」の助動詞には「き」「けり」があります。過去とは、過ぎ去った動作・状態や、回想を表わします。（『短歌の文法Ⅰ』飯塚書店）なお、『広辞苑』の「助動詞活用表」の「種類」欄には、簡素に「回想」とあります。

このうち「けり」は例外もなくすっきりしていますので、「き」についてお答えします。「き」は、「言ひき」など一般的に動詞の連用形に接続します。しかし、サ行変格活用（サ変）では未然形について「せし」となります。

「しし」と「せし」

「し」は過去の助動詞「き」の連体形ですから、いろいろな状況で使われます。結論を言うと、一般に「き」は連用形に付くので、「サ行の四段活用」につけば「しし」となりますが、「サ行変格活用（サ変）」の場合は特別に未然形に付くので「せし」となります。

「四段」の「残す」であれば「残しし」ですが、「サ変」の「読破す」であれば「読破せし」となります。こう書けば簡単ですが、この用例が紛らわしいとされる理由は「残せし」の用例を日頃から、ときどき耳にするからです。歌舞伎の名台詞を思い出しても、弁天小僧菊之助が「浜の真砂と五右衛門が歌に残せし七里ガ浜」などと言います。短歌に限らずわが国の古典文法は「平安時代中期のもの」を指すので、歌舞伎の時代とは活用が違うのです。ただ、短歌では「しし」と「せし」の違いは大切なので覚えておきましょう。

とはいいつつもこういうこともあります。石川啄木の『一握の砂』の作品を引きます。

頬《ほ》につたふ／なみだのごはず／一握の砂を示しし人を忘れず
解剖《ふわけ》せし／蚯蚓《みみづ》のいのちもかなしかり／かの校庭《かうてい》の木柵《もくさく》の下《した》
何事も思ふことなく／いそがしく／暮らせし一日《ひとひ》を忘れじと思ふ

最初の歌は「四段」、次は「サ変」ですから、それぞれ前述の通りですが、最後の例は「四段」ですから、これまでの記載とは異なります。平安中期の活用に従えば「暮らしし」が正しいということになります。なお、ここでは、啄木が「間違えている」と指摘するのが趣旨ではなく、「この法則を重視していなかった」ということを指摘しているのです。というのも、この時代には、書き言葉としては「当時の文語体」が日常的に使われており、その頃は手紙などの書き言葉として「暮らせし」が使われていたのですから。しかし、ここの質問に対する答えとしては「暮らしし」をお勧めします。

「こし」と「きし」

「国語便覧」等には「「き」はカ行変格活用では、未然、連用の両形に付く」とあります。未然形であれば「こし」、連用形であれば「きし」です。文法的にはどちらも正解です。さて、ここから、ご質問の「べき」に沿ってお答えします。文法は「拘束力のある決まり」というより「実態を体系化したもの」です。そういう観点でこれを歴史的に見ると、古典文法の基本となっている平安時代には「未然形」が基本でした。この意味あいから、現在でも「こし」と読まれることが多く、「こし」でなければならない、という指導者もいます。そこで、ここでのお勧めは「こし」と結論しておきましょう。

なお、連語の「来し方」となると「きしかた」「こしかた」の双方に読まれています。古語辞典には「きしかた」には①過ぎ去った時、②通り過ぎてきた所、とあり「こしかた」には、①過ぎてきた方向、②過ぎ去った時間、とあって、どちらでもよいがやや優先度に差あり、と読めます。また、『広辞苑』では、「きしかた」には（「こしかた」とも）①過ぎ去った時。

過去。②過ぎてきた方。通過した所。とあり、「こしかた」には（きしかたとも）①すぎてきた時。過去。②過ぎて来た方向、また、その場所。とあり、現代語では差がないことを示しています。

こういうことから、「こし」「きし」には過去においては、「こし」は空間、「きし」は時間、という差がある程度あったことがわかります。

結論を言います。両者の間には「こうであらねばならぬ」というほどの差はありません。が、その差が気になるのであれば、一応、古い形を尊重しながら詠まれてはどうでしょうか。

Q10

短歌を読んでいてよくふりがなに出会います。一方で、ふりがなは要らない、なるべく付けない方が良い、という意見もあります。ふりがなをつける基準や、ふりがなのあり方を教えてください。

【ポイント】ふりがなの是非と効果

A

もともとふりがなをつける趣旨は読者サービスであると考えられます。読者サービスとしてのふりがなの美点は「親切」「丁寧」「明快」ですが、ご指摘のような「ふりがな不要論」もあります。不要論の根拠はふりがなには、「野暮《やぼ》」「諄《くど》い」「苟《いやしく》も短歌をやる人にいちいち読みを示すのは失礼」などいろいろあります。この部分にふりがなを付けたのは私のシャレで、この中にも、付けた方が親切でより適切なものと、そうでなく、むしろうるさく見えるものもあるのではないかと考えてのことです。

短歌の表記では、見た感じが与える「姿」、つまり見栄えも大切ですが、「読みやすさ」という要素も大切です。また逆に、一見、読みにくくとも、見なれない語によって、斬新な情景や世界を享受できるという側面もあります。これらを、総合的に考えることが大切ですから、自身の美学に反してまで読者の利便を優先させる必要はありません。

たとえば、「明日」と書くと、「あす」、「あした」と読み分けられるので、このような場合にはつける必然性が高いと考えられます。しかし、これについても、この場合は音数から正しい読みが判断できるからふらないとする考えもあります。個人の美学です。

「殉教の美学」美《は》しくば追憶を涙のごとく溢れせしめよ　福島泰樹

「美しくば」は何もなければ「うつくしくば」と読まれそうなので「はしくば」としたのでしょう。必要な例です。尚、「はし」は短歌俳句で慣用的に使われている読み方です。

次に、同じく、必然性の高い例として、同様の言葉を表記で書き分けるケースがあります。たとえば、母にもいろいろあるので、亡母、義母、姑、養母、老母、慈母など、母の特性や属性を加えてすべてを「はは」と読ませることは実にしばしばあります。これには人それぞれの価値観があって、「よく読めば亡くなった母とわかるから「亡」は不要」という説も良く聞きます。私は、最終的には「伝える」のが歌の本義ですから、わかってもらいたい気持があれば、そのように書けばよい。正確に伝えることが一番大切だと思うからです。

息子への「こ」、娘への「こ」なども、必要と考えれば入れればよいでしょう。

難読語には付けるべきです。ただ、そんな言葉をわざわざ使うな、という意見もあります。このあたりは作者・歌人としての自分の意思できっぱり決めればよいことです。

もっといえば、私はこういう形で、ことさらにふりがなのあるなしを論じること、とくに否定的に決めつけることは短歌の本質からは遠いと考えます。大切なのは、一首全体の構成に自分なりの基準や見識を持ち、それに従って、自信を持って毅然と表現していくことです。

さて、ここまでのことを前提として、ここからは、むしろ、ふりがなの「強み」を考えてみます。その方が、実作者のあるべき姿に資すると考えますので。

たとえば松平修文は、非常に多くのルビを、意識的に、徹底して駆使する歌人の典型です。一冊が書けるほどに好例はあるのですが、ここでは典型を見ましょう。

ショッピング・モールを行けり　現代人即ち流離人《さすらひびと》たちに混じりて　松平修文

山桜咲くころ遡上する胡瓜魚《トキカラ》を亡母《はは》は好みき　僕も求めて食はむ　同

先の「さすらひびと」という語の表記には「流離人」と「さすらひ人」があります。「放浪人」と書けないこともありません。この中から作者は、最適の語として「流離人にふりがなをつける」という方法を選びました。かなまで含めた表記を呈示する選択をしたのです。

後者で「読みにくい語」と「属性を加味された母」の二箇所にふりがなを付しているのは明らかに歌の「姿」全体を意識してのことです。そういう意味でこの二首にはそれぞれに作者の強い思いが込められています。

點滴を外してくれし看護師の唇《リップ》と眼鏡おなじ紅　堀田季何

堀田季何は文化や事象の小さな裂け目・切れ目を鋭く捉え続ける歌人ですが、ここでも若い看護師に見つけた小さな「あれっ」をシャープに表現しています。漢字に沿う、かなと漢字との微細なズレがそのまま作者の小さな驚きと小さな好感を見事に演出しています。

ああ皐月《さつき》仏蘭西《フランス》の野は火の色す君も雛罌粟《コクリコ》われも雛罌粟《コクリコ》　与謝野晶子

自信を持って毅然と表現された典型例です。ここでは、かなが躍り上がっていますね。ふりがなが、縦横な発想を増幅して際立たせていることに間違いはありません。

ここでは例を挙げませんが、実は、ふりがなには、すでにさらに色々な試みがなされています。英字をふりがな（ルビといった方がしっくりくるかも知れません）に使う例や、日本語化された外来語に片仮名で原語の読みを振る例など多彩な形が試みられています。そうなると、本来の「読者サービス」を離れて「作者のパフォーマンス」という目的に近づきます。積極的に駆使すれば、ふりがなは「秘策の宝庫」「外連《けれん》の坩堝《るつぼ》」になりうるのです。

Q11

短歌には、抒情歌とか叙景歌とか相聞歌とかいろいろな形があることは知っています。万葉集や古今集の解説ではよく言われるようですが現代ではどうなのでしょうか。

【ポイント】短歌のモード（抒情・叙景・述志）

A

単純に考えれば、目で見た風景を詠えば叙景、心に感じたことを詠えば抒情ということになります。しかし、景色を見ればそれにつれてさまざまな思いが湧き、また逆に、いわゆる思いの丈を述べるときだって、それぞれに相応しい景色に仮託する方がむしろ自然です。したがって、ことさらに分けて考える必要はないようにも見えます。

たとえばこの歌です。

くらぐらと赤大輪《せき》の花火散り忘れむことをつよく忘れよ　小池　光

作者は花火を眺めています。上句ではきっちりとその様を捉え、描写しています。読者はそれぞれ体験的に見た花火を再現できるでしょう。しかし、歌の方は、間髪を入れず下句、一転して「忘れようとしていることを強く忘れよ」と自身に命じます。若い日のことですから、忘れたいこと、忘れるべきことは必ずある、恐らくは心の深部に刺さっている苦いもの、青春の蹉跌の傷のようなもの、それをすうっと消える花火に託して念じている横顔さえ見えます。このように抒情と情景描写は相接したものであることは明瞭です。

他方、こういう作品もあります。

あらがねと二つに裂くる空の雲ともに照らしつつ光燃えゆく　　さいかち真

何ともおごそかです。大地と雲と陽光のありさまを真っ正面から捉えた、典型的な叙景歌です。真っ向から天地と対峙する、古代と変わらない現代人の詩性を浮き彫りにしています。この大柄骨太の作りの背景にある、現代に自らをさらす男心の襞も看取できます。

ついで相聞歌。

剣道着解かず寄り来て髪に触れ汗のにほひを移してゆきぬ　　永井陽子

草の実の夜ごとに熟れてゆくころを琉金も熱き呼吸《いき》をしてゐる　　同

作者若き日の相聞です。一首目には恋人の去って行った直後のなまの感情が留められています。行為を丁寧に書き留めて「汗のにほひ」一点に集約させています。もう一首はその人を思う夜のスナップです。

この三組の方向はそれぞれさまざまです。もちろん、ひとりがそんなにあちこち分け入る必要もありません。ここでは短歌の懐の深さをわかりやすく書いたつもりです。

私たちは周囲を多様多彩な事物に囲まれています。それだけに、実作者としてはどういう姿勢で向かうか、考えるとなやましい問題でもあります。

音楽関係の人に聞くと、作曲家は曲を構想するときに、先ず「モード」を決めるそうです。曲に託する思いをあらかじめかき立てて、先ず全体のイメージを構想してからとりかかるといいます。今挙げた、抒情、叙景、相聞の他にもいろいろな「モード」があります。「モード」は短歌用語としては必ずしも定着はしていませんが、わかりやすいので使います。

勉強（研究）のために、「モード」を決めてかかることをお勧めします。たとえるならばカメラを持って歩くのです。たとえば、ショッピングモールのウィンドウを覗き歩く感じ、あるいは仲見世を渡り歩く感じです。そして、対象次第で、随時カメラのレンズを取り替える感覚です。手動カメラのレンズを選ぶようにモードを切り替えてはどうでしょうか。

防潮堤に膝を屈して手を合はす　海、海の先、その先の海　　佐藤通雅

歌集『連灯』で「仙台・荒浜」という題の下に収められています。しかし、それがなくとも十分に哀悼の心は伝わります。短詩形では「いま・ここ・われ」が重んぜられますので、特別に地名の断りがなくとも「ここ」は了解され、歌意は果されつくしています。

モードとは「いま・ここ・われ」に徹して、あるいは風景をあるいは情緒を的確に捉え直すための方策です。カメラ本体はそのままにしておいて対象に相応しいレンズを選ぶのです。

最後に、もうひとつ「述志」というモードに触れます。

再就職せしわが新たなる芒種の地次なる世代を育ててゆかな　　田中徹尾

「芒種」は二十四節季のひとつで六月上旬、歌集から、退職後二ヶ月の自己研鑽期間を経て新任務に就く日に、改めて後進の育成をわが任務にしようという志を詠ったものとわかります。志は青年ばかりのものではありません。おりおり、立ち止まって自己を見直すときに、すっくと立ち現れるものなのです。

全体は一貫していながら、機に触れて、さまざまな思いが湧いてくるのが人の心というものです。状況を見ながら、あるいは過去を追懐し、あるいは先を見通し、時には空想に思いをはせて、楽しく「私の短歌」の世界をさまざまに豊かに構築していきましょう。

Q12

時事詠は普遍性には乏しいと思います。事件も出来事も人の噂も七十五日で歳月が消してゆくものをどう詠えばいいのでしょう。また報告ではない旅行詠とはどこを詠えば成功するのか教えてください。

【ポイント】時事詠と旅行詠（報告歌からの脱却）

A

時事詠の難しさは常に時代が動いていることです。今日は刺激的な事件でも明日には忘れられて人々の口の端にも上がらないことでしょう。しかし時事もやはり記録しておきたいものの一つです。

また旅行詠は旅をした本人にとっては、この素晴らしさを是非とも記憶に止めて書き残しておきたいことでしょうし、作品にしてこの景色の、建造物の美しさを誰かに伝えたいと思うものです。しかし作者の感激、興奮ほどにはそれが伝えられないというもどかしさが生まれます。それが外国旅行であればなおさらな思いでしょう。それゆえについその景色なり建物なりに感動し興味がわくままに誰かに伝えようと、その風景なり情景なりをそのままに表現してしまいがちですが、作者ほどにはその地に関わりもなく見てもいない人には感激が伝わらないものです。

それではどのように表現すれば、その思いは伝わるのでしょうか。

何より感動したこと、素晴らしいと感じた景色や建造物、人々の生活などをすぐに作品に詠まず、メモに取っておき、時間をおいてメモを見ながら思い出してその時感じたままに作品にします。時間をおいたことで一時的ではなく見えてくるものがあり、より深い感動なり美しさが表現できるようになります。

まず、旅行詠からみていきましょう。

我が裡の暗きを穿ち山はらの光と落ち来る木曽の男滝は　鈴木利一

流されず過去はしづみぬ　天の川涅槃のやうに映せるメコン　北久保まりこ

朴の木の空のこずゑに花しろし　ふと振り向くは風の賢治か　牛山ゆう子

湯畑をよけて　草津の雪は降り　三日三晩を帰してくれぬ　穂曽谷秀雄

旅に出て初めての土地に降り立った感動、ときめき、驚きは歌を詠む人々にとってはかけがえのない喜びでしょう。また、一方では傷心を抱いての旅もあり、見知らぬ風景や歴史の足跡、人情ある人の温かさに癒やされて生きるエネルギーを得ることも多いものです。

ここにあげた作品は単なる風景描写ではありません。作者の心理の深みを気負うことなく詠まれています。

一首目は薄暗い山道を自身の心象と重ね合わせて詠まれ、それが「光」を反射する滝に出会ったこと、特に「男滝」とあることで滝の勢いの力強さを伝えられ、自身も希望を見いだせるような感慨が沸いたととらえました。

二首目は「旅」のなかで作者の歴史に心をかよわせ感受した傷みと祈りが詠み込まれています。

三首目は北上への旅ですが上句で風景描写、下句で「風の賢治」という表現で北上という場所の設定をしていて説明になることを避けて詠まれています。

四首目は初句に発見があり作者の感性で受け止め大雪で帰れぬ状態を結句でちょっとしゃれて表現しています。

どの作品も単なる風景描写のみではなく、心理的な部分も詠み込むことで読者に考えさせるという効果を持っていると思います。自然も町並みもとらえかた次第だといえましょう。ものを観察する視野を広げてしっかりとした核をとらえて詠むことが成功につながるのではないでしょうか。

次に、旅行詠より困難なのが時事詠だといえましょう。時代は常に動き続け、とくに現代は目まぐるしいほどの時間の流れを感じます。それを詠むことの難しさは過去よりも増しています。しかし、過去に時代の危機をうたった作品の中に、現代を象徴するような予感に満ちた作品もあるのです。時事詠で最も顕著なのは戦争と災害を詠んだものだといえます。

直接経験した人々にとっては忘れることのできない歳月でありますが、ともすれば時の流れと共に人の口に上ることが少なくなります。メディアが語り継ぐことで改めて思いを新しくするのは事実を見聞きした人のみで、その後に生まれた若者の中には気に止めない人も多いと思われますが、戦争はこの地球上で終わりになることは望めそうもないことで、今現在も地球上のどこかで戦争が続いています。日本は平和だといえましょうが、地震・台風・大雨・大雪と地球温暖化のせいでしょうか、ここのところ自然災害が続いています。そのような時に生まれた多くの短歌がありました。

明日の平和願ひやまねば千人針の赤き結ひ目の哀しきものを　木下孝一

不発弾・遺骨この地のいずこも抱きその上の暮らし日本の沖縄　田村広志

かなしみは潮満つるごと身をひたす果てなき闇に落ち行く祖国　来嶋靖生

いずれも戦争への深い悲しみが詠まれています。これらの作品が歳月を経てどれだけ理解され続けてゆくのか不安があります。時事詠の宿命と言ってしまえばそれまでですが、時事詠の難しさをも考えさせる作品です。

一首目の「千人針」を現在どれほどの若い人達が知っているのでしょう。

二首目は、今は沖縄の基地問題、米軍のヘリコプターの事故などで人々の関心は深くありますが、この先はどうなるのでしょうか。

三首目は現在直面する日本のあり様への思いも含まれて、時事詠として普遍性のある作品であると考えられましょう。いつの日も祖国への思いは国民の中に存在し、その行方への不安も多くあることです。

あやとりの糸のバナナはすぐ出来て　アフリカの飢餓なぜに救えぬ　穂曽谷秀雄
蒼白い炎を吹いて燃えたまま消えることなし　被爆絵の爪　同
休止中と地図に書かれし常磐線浪江駅より実家をなぞる　三原由起子
声高に叫ばれ続けて消えてゆく復旧／復興／絆の言葉　同

時事詠をどう表現したらいいのか、普遍性をどう持ち続けるのかで誰もが悩みます。また戦争や災害などは直接経験した人でなければ真実は伝わらないのではないかとも考えます。それでもうたわずにはいられない、詠まなければならないとの思いは誰もが持つ感慨だといえるでしょう。

一首目は異国の子供達の飢えを傷んで詠まれたもので、上句で身近なものを題材にして傍観者でしかない自分へのいらだち、もどかしさが述べられ戯画的な表現で報告歌めくことを避け、短歌として成立させています。

二首目は広島の原爆展に触発されて詠まれたもので、昭和六十年代に誌上に発表されたものですが、現代においても無視することのできない問題を提示しています。

三首目は実体験の作者でしか詠めない作品で、震災から月日のあまり経たない時期のものと読み取れます。震災で失われるものを事実を事実として受け入れ、四首目はその場限りの行政への空しい怒り、福島から避難している人へそして子供への心ない人々の言葉への空しい怒りとも読み取れます。

時事詠で普遍性を持ち続けることの困難さはいつのときも課題となりますが、時代の動きに常に敏感でいたいと思いますし、諦めることなく詠みつぐことが大切なことではないでしょうか。

第二章　短歌を学ぶ

Q13

短歌を始めたころ、「万葉集や古今集などの古典を読みなさい」とか「斎藤茂吉は読んでおいた方がいい」とアドバイスされました。読まないまま数年が経ちましたが、今になって、やはり読んでおくべきかと気になっています。

【ポイント】古典・近代短歌から学ぶもの

A

あなたはなぜ、今になって、やはり読んでおくべきかと気になっているのでしょうか？そこにこの質問に対する答えが隠されていそうです。

万葉集　　　収録歌数約四五〇〇首　約二〇巻　七五九年頃成立
古今和歌集　収録歌数約一一〇〇首　全二〇巻　九一二年頃成立
新古今和歌集　収録歌数約一九八〇首　全二〇巻　一二一〇年頃成立

現代の私たちが「三大和歌集」と呼び一括りにしている古典の間には約五〇〇年もの歳月が流れていることになります。

当時は短歌も和歌と呼んでいたようです。短歌という呼称が一般的になったのは一八九八年の正岡子規の「歌よみに与ふる書」以降と言われています。

さっそく古典や茂吉の作品を見てみましょう。

『万葉集』

あかねさす紫野行き標野行き野守は見ずや君が袖振る　額田王

紫草のにほへる妹を憎くあらば人妻ゆゑにわれ恋ひめやも　大海人皇子

東の野にかぎろひの立つ見えてかへり見すれば月かたぶきぬ　柿本人麻呂

『古今和歌集』

世の中にたえて桜のなかりせば春の心はのどけからまし　在原業平

花の色はうつりにけりないたづらにわが身世にふるながめせしまに　小野小町

見る人もなくて散りぬる奥山の紅葉は夜の錦なりけり　紀　貫之

『新古今和歌集』

疎くなる人をなにとて恨むらむ知られず知らぬ折もありしに　西行法師

夕暮はいづれの雲のなごりとてはなたちばなに風の吹くらん　藤原定家

枕だに知らねば言はじ見しままに君かたるなよ春の夜の夢　和泉式部

三大和歌集から三首ずつ引きました。意味など考えず定型のリズムを意識して繰り返し朗読してみてください。万葉集の一首目「あかねさす／むらさきのゆき／しめのゆき／のもりはみずや／きみがそでふる」……「あかねさす」は〈赤い色がさして、美しく照り輝くことから「日」「昼」「紫」「君」などにかかる枕詞〉、「紫野」とは〈紫草の生えている野原〉、「標野」とは〈一般の者の立ち入りを禁じた野原〉、「野守」は〈野の番人〉と語句の意味や、作品の内容については調べればすぐに知ることができますが、語句の意味を知らずとも雰囲気を味わえることがわかるでしょう。その次の作品は額田王の歌への返歌です。作者はのちの天武天皇で、「むらさきの／にほへるいもを／にくくあらば／ひとづまゆゑに／われこひめやも」……三句の字余りが効果的だと思いませんか？　大海人皇子は額田王との間に子供がいましたが、この時にはすでに別れていました。などという裏話は付録のようなものですが、そういう背景を知ってゆくと作品をさらに深く味わうことができます。

次に斎藤茂吉の作品を見てみましょう。

みちのくの母のいのちを一目見ん一目みんとぞただにいそげる　『赤光』
日もすがら黄にそよぎゐる合歓《ねむ》の木は大坂泰君こぞに植ゑたる　『小園』
最上川の上空にして残れるはいまだうつくしき虹の断片　『白き山』

『赤光』は一九一三年、茂吉が三一歳の時に刊行した第一歌集です。第一五歌集『小園』、第一六歌集『白き山』は四九年、六七歳の時の歌集です。

一首目は「死にたまふ母」と題する連作の一首で、母の危篤を知らされた茂吉が汽車に飛び乗る姿まで目に見えるようです。この名作が生まれたのは茂吉が十五歳で医家に養子に出たことと無関係ではないでしょう。三首目は茂吉の名歌集と名高い『白き山』の作品ですが、疎開していた大石田で板垣家子夫を始めとする地元の人々の優しさに包まれていたからこそ作歌に集中できたのだと考えても不自然ではありません。二首目に出てくる「大坂泰君」は現在、牧水・茂吉系を宣言する「樹林」主宰の大坂泰氏のことです。茂吉にずいぶんと可愛がられたそうで、強羅にある茂吉の別荘まで合歓の木を担いでいって植えてきた、そのことを詠んでくれたのだとよく話してくれました。

六四年創刊の「日本抒情派」（主宰・滝沢亘）に「新しく短歌にこころざす人たちに読ませたい歌集・歌書を数種あげてお示しください。」との歌人アンケートがあります。生方たつゑは『白き山』を、鈴木幸輔は「歌集では白秋のもの、茂吉のものなど」、中井英夫は「岩波文庫『斎藤茂吉歌集』のほかに思い当りません。」と答えています。今から五〇年余り前にも初心者は茂吉を読むべきだと言われていたことになります。

「日本人ならこれだけは知っておきたい　近代の歌一〇〇首」と銘打たれた『近代秀歌』（永田和宏・岩波新書）の「はじめに」にこんな一節があります。

古典和歌は言うまでもなく、近代以降にかぎっても、私たちは数えきれないほどの歌を財産として持っている。意識する、しないにかかわらず、それらはほとんど私たちの感性そのものとも言えそうな普遍性を持っている。それらを互いの口に載せつつ、話が展開できないというのは、あまりにももったいない話ではないか。

あなたに古典や茂吉を読むようにアドバイスした人は、まさにこのような思いだったのではないでしょうか。また、あなたが今になって、やはり読んでおくべきかと気になっているのは、口語短歌が主流となりつつある現状に、ある種のつまらなさを感じている、もしくは飽きがきているのではないでしょうか。

ここに紹介したような文語、正調の作品と私たちが使い慣れている言葉で作られた口語脈の短歌とを比較すると文語、正調の作品に奥行きや深みがあるように感じるはずです。五句三十一音という制約のなかで文語は口語よりも、より多くのことを表現することができるのです。一三〇〇年続く短歌史に名を残し、現代に伝わっている作品を知らずに過ごすのはもったいないことで、これらを知ったうえで独自の表現を目指すことが大切です。

Q14

今まで、事実に基づいて歌を詠むことを自らの矜持としてきました。しかし、どうにも窮屈になってきたのです。毎日の暮らしに大して変化もなく、詠む題材にもことかくようになりました。そこで、虚構の歌を詠みたくなってきたのです。塚本邦雄や寺山修司のようないわゆる「前衛短歌」のようなものは難しいでしょうか。【ポイント】前衛短歌から学ぶもの

A

もともと短歌といふ定型短詩に、幻を見る以外の何の使命があらう。現実社会が瞬間に変質し、新たな世界が生まれでる予兆を、直感によって言葉に書きしるす、その、それ自体幻想的な行為をあへてする自覚なしに、歌人の営為は存在しない。（略）短歌は、幻想の核を刹那に把握してこれを人々に暗示し、その全体像を再幻想させるための詩型である。

塚本邦雄の歌論集『夕暮の諧調』（人文書院）に収載されている「短歌考幻学」の一節です。一九五一年に第一歌集『水葬物語』をもって登場した塚本を前衛短歌の始祖と考えてよいでしょう。

貴族らは夕日を　火夫はひるがほを　少女はひとで戀へり。海にて
輸出用蘭花の束を空港へ空港へ乞食夫妻がはこび

海底に夜ごとしづかに溶けゐつつあらむ。航空母艦も火夫も

戦後まもなくの歌壇外の知識人による数々の短歌否定論を受け止め、反写実、虚構、比喩、句割れ、句跨《またが》りを駆使した革新的な手法を用い、右のような作品をもって新しい短歌の時代を開こうとしたのです。この手法は六〇年代に活発になる学生短歌、同人誌ブームの中心となった若い歌人たちを中心に急速に広がり、「前衛短歌運動」へと発展することとなりました。この動きを後押しし、推進したのは中井英夫や冨士田元彦らの総合誌の編集者でした。

私は「事実」を詠むことと「虚構」を詠むことは相容れないことではないと思っています。事実を題材にした作品にも虚構はあり、虚構の作品にだって事実はあるのではないでしょうか。事実をありのままに定型に乗せただけでは「ああ、そうですか」のいわゆる「そうですか短歌」になってしまうことが多いのです。

作品を発表するからには読者を意識しなければなりません。記述や叙述ではなく表現の域まで作品を仕上げなくてはならないのです。時には脚色も必要でしょう。できるだけ事実から遠く離れて短歌を作ってみてください。それが実はとても難しいことに気づくでしょう。まったくの嘘や虚構で歌を作っても生半可だと読者は鼻白んでしまうのです。

塚本が亡くなる三年前の二〇〇二年、塚本邦雄全集が完結したときのインタビュー記事（朝

日新聞）の一部を引用します。

長男で作家の青史さんが「やはり、老いや死が歌のテーマになってきているようです」と解説すると、すぐに、横から大きな声が飛んだ。「私は生活短歌は一切作っておりません！　短歌はルポルタージュではない。もっと抽象的で想像力を鼓舞するものです」

塚本の「私は生活短歌は一切作っておりません！　短歌はルポルタージュではない。もっと抽象的で想像力を鼓舞するものです」というセリフが、あなたの「どうにも窮屈で、最近、虚構の歌を詠みたくなってきたのです。」の答えになっているのではないでしょうか。

Q15

口語自由律短歌という言葉を聞きますが、自由律とは何でしょうか。また破調との違いはどこにあるのでしょうか。破調にはどのような効果がありますか。

【ポイント】口語自由律と破調

A

口語短歌は俵万智歌集『サラダ記念日』から始まったと思っていませんか。ジャーナリストの若い方からもそうした言葉を聞いたことがあります。しかし口語短歌の歴史は古く明治維新によって外国の文明が多くもたらされ、芸術にも影響が広がりました。文学の世界でも歴史的な文語、候といった表現を避け言文一致の運動が起こったために、短歌も影響されて、短歌も口語でつくるべきではないかと考えた歌人たちが起こしたのが「口語短歌運動」で、初めて口語の作品が発表されたのです。

明治三十年代、先駆者として西出朝風、青山霞村の二人がいました。初期は口語で定型律でした。しかし大正時代を経て昭和初期には口語で五句三十一音で表現することは、言葉の上で無理があり助詞の省略による表現の物足りなさなどから文語定型からの脱却を考えた当時の若い歌人たちが、定型の旧態依然の様式を嫌い新しいリズムで自由な表現を求めて「新短歌運動」を唱えたのです。そこには西洋から入ってきたモダニズム詩の影響が大きかったことも原因でした。当時、「詩歌」を率いていた前田夕暮が結社を挙げて口語自由律短歌に転向したことも口語短歌の発展に拍車をかけたのでした。夕暮の唱えたのは「内在律短歌」で詩的直感による口語のなかでのリズムということでしたし、他にも「二段構成説」など様々な考え方が多くの議論を呼びました。

自然がずんずん體のなかを通過する——山、山、山　前田夕暮
あけっぱなしの手は寂しくてならぬ。青空よ沁み込め　同

定型の表現と比べ、その違いは一目瞭然で、読者に与えるインパクトの強さは韻律を壊したところにあるのではないでしょうか。二首目も同様に上句で心象を、下句で願望を表現していますが、上句で句点をいれて一区切りし、下句の願いにつなげ、ドラマを構成しようとしているのだと思われます。

一首目は昭和四年十一月二十八日、朝日新聞主催の「歌人空中競詠」の飛行機上の作品です。しかし昭和八、九年頃から戦時態勢が激しくなると、日本の軍部は「自由」という言葉や「新」という思想は危険だと言って弾圧を繰り返し、口語自由律短歌は否応なく終結していったのですが、戦後は戦前の師の志を継がねば、自由律の短歌信条、その存在を消してはならぬ、といった少数の人々によって、その歴史は現代につながれているのです。

この島に薺の花が咲いている　兵隊の墓標と同じ高さで　中野嘉一
この島に累々たる屍の重み　いつの日か地球の縁を滑り落ちる　同

ここには事実を事実としたうえで夕暮のいう詩的直感が存在しています。

では現代作家の定型口語的作品と口語自由律の作品とを比較してみたときにどこにちがいがあるのでしょう。現代の定型作家の口語短歌はあくまでも定型作品の意識の上においての破調ですが、その破調の効果とはどのようなものでしょう。

どう切っても西瓜は三角にしか切れぬあとどのくらいの家庭であろう　永田和弘
一重のらせんを引っぱりながら通話する黒い電話機の中の小鬼ら　井辻朱美
実はわたしもロボなんだ、って打ち明けてグラムどおりの弁当を売る　佐藤真美
電子音きいて駆け出す子猫かな　にじいろのおもちゃをくわえたままで　同

いずれも定型歌人ですが、それぞれの持ち味の生かされた破調の作品と言えるでしょう。

一首目は家族の中で自分の位置、巣立つ子供への想いや不安、文語定型ではうたえない現

代の家族の風景が、作者の淡い哀感の中に十分に生かされていますし、二首目では電話機から触発された発見を巧みに広げて詠まれ、携帯、スマホが主流の今日では懐かしい童話の世界を彷彿とさせています。三、四首目めは平成五年生まれの若手らしい溌剌《はつらつ》さのなかで、いかにも現代社会の風景をユーモアを交えて表現されていて、どの作品も無理に五句三十一音に収めなくとも字余りを意識せず読むことができ、納得できる作品で無理に収めたらその持ち味がなくなってしまうのではないでしょうか。

現代の口語作品では作品そのものでは自由律、定型の垣根は感じられなくなってきていると思われ、ただ作者の短歌信条、モチベーションの違いではないかと考えられます。時代の動きを背景にして人々の意識が変化しているように、文学も絵画も多くの芸術が変化してきています。それを進歩と受け入れるか否かは人それぞれですが、短歌も時代ということをわきまえて考えていかなければならないと考えます。

Q16

「句割れ」、「句跨り」について教えてください。短歌は五七五七七の五句三十一音のリズムによって成り立っている詩形だと思います。それを壊してしまっては短歌ではなくなってしまうのではないでしょうか？【ポイント】「句割れ」と「句跨り」

A

一九八七年に刊行され大ベストセラーとなった俵万智の第一歌集『サラダ記念日』は「句割れ」、「句跨《また》り」を駆使していて、全四三七首中の約50％に句跨りがみられます。

「嫁さんになれよ」だなんてカンチューハイ二本で言ってしまっていいの

寄せ返す波のしぐさの優しさにいつ言われてもいいさようなら

思い出の一つのようでそのままにしておく麦わら帽子のへこみ

この三首を五句三十一音の短歌のリズムで区切って読んでみます。

「嫁さんに／なれよ」だなんて／カンチューハイ／二本で言って／しまっていいの

寄せ返す／波のしぐさの／優しさに／いつ言われても／いいさようなら

思い出の／一つのようで／そのままに／しておく麦わら／帽子のへこみ

一首目は初句から二句、四句から結句へ句跨りになり、二首目は四句から結句が句跨りになり、結句は「いい／さようなら」と句割れを起こしています。三首目も三句から四句にかけて句跨り、四句は句割れ、四句から結句への句跨りがわかると思います。これを意味で区切って読むと「思い出の一つのようで／そのままにしておく／麦わら帽子のへこみ」となり、短歌ではなく短文になってしまうことに気づくでしょう。ゆえに朗読する時はあくまでも五句三十一音の短歌のリズムを意識することが句割れ、句跨りの魅力です。

この三首は『現代短歌朗読集成』に収められていて俵万智本人の朗読を聴くことができます。俵は短歌のリズムを意識しながらも、意味で区切って読んでいて、そこはかとない不思議な世界が広がっています。

ところであなたが言うように短歌の唯一無二の決まりごとは「五句三十一音の定型短詩」であるということです。そのリズムを壊してまでどうして句割れ、句跨りの作品が市民権を得たのか考えたいと思います。

一九四六年に岩波書店の雑誌「世界」に俳句否定論である「第二芸術」を書いた桑原武夫は四七年の「八雲」第二号に「短歌の運命」なる短歌否定論を書き、今まで千年以上も和歌が続いて来たのは古来一定の「基本的体制」に従って詠み続けて来たからだとし、「芸術に一定の基本的体制のあるということは、すなわち師伝的、模倣的となりやすく、近代芸術であり得ない」と指摘しました。「現代短歌は「近代化」をめざすに相違ない。（略）がんらい複雑な近代精神は三十一文字には入りきらぬものであるから、その矛盾がだんだんあきらかになり（略）、短歌は民衆から捨てられるということになろう」と短歌の運命を予言してみせましたが、特に「がんらい複雑な近代精神は三十一文字には入りきらぬものである」という指摘は核心を突いていたのです。そこで塚本邦雄が五句三十一音の調べに、積極的に句割れ、句跨りを導入し、塚本曰く「三十一音を最後の限界とする短詩の「新しい調べ」」を構築して見せたのです。

革命歌作詞家に凭りかかられてすこしづつ液化してゆくピアノ　『水葬物語』
日本脱出したし　皇帝ペンギンも皇帝ペンギン飼育係りも　『日本人霊歌』

塚本の『水葬物語』は五一年、『日本人霊歌』は五八年に刊行されています。五六年には詩人大岡信との論争の中で、「僕は朗詠の対象になる短歌をつくりたくない。結果的には句割れ、句跨りの濫用になっても些も構うことは無い。（略）韻律を逆用して、句切りは必ず意味とイメージの切目によることとし、一つの休止の前後が或時は目に見えぬ線で裏面から繋がれ、又一つの区切りは深い空間的な断絶を生むというような方法は多々可能である。そしてそれこそ、三十一音を最後の限界とする短詩の「新しい調べ」ではないか。」（「ガリヴァーへの献詞」）と書いています。

二〇一三年発行の『新・百人一首　近現代短歌ベスト一〇〇』（文春新書）の「〈座談会〉短歌のある国の幸せ」（岡井隆、馬場あき子、永田和宏、穂村弘、檀ふみ）で句割れ、句跨りの朗読の仕方について、岡井隆が「日本脱出したたし　皇帝ペンギンも皇帝ペンギン飼育係りも」のエピソードを披露しています。

岡井　「句またがり」や初句七音などを盛んに取り入れたのが塚本さんです。意味を捉えると「日本脱出したたし」と「したたし」まで一気に読みたくなりますけど、ここは「日本脱出」でいったん切る。それから「したたし皇帝」「ペンギンも」とつづけるんです。

檀　普通に五七五七七で区切るんですね。

岡井　ええ。塚本さん自身がＮＨＫの番組に出演するたびに、アナウンサーが「日本脱出したたし」の調子で読んだら、「ダメ、もう一遍やり直しっ！」と言ってた（笑）。

作品は発表したあとは、原則としてどう解釈されても、どう朗読されても作者がとやかく言うべきではないはずですが、このような事実を知っておいて損はありません。

Q17

批評でよく聞く「作中主体」とは何ですか?「この歌は作中主体と作者が違うから……」などと言っているのを聞いたことがあるのですが。

【ポイント】「作中主体」と「作者」

A

ここ数年、時評や批評などで盛んに見聞きするようになった言葉「作中主体」とは「作品の中で行為を行なう人のこと」です。つまり作中の「われ」、「ぼく」、「私」など一人称で語られる(もしくは補うことのできる)人のことで、単に「主体」と言うこともあります。

小説などとは違い、短歌では、作中主体=作者と思われがちですが、作中主体と作者は別の場合もあります。

作中主体=作者でなかったことで近年話題となったのが、二〇一四年の第57回短歌研究新人賞の「父親のような雨に打たれて」(石井僚一)です。

作者の石井は当時、祖父を失くした二十代の青年だったわけですが、短歌の中のわれ(作中主体)は「父親を亡くした青年」だったのです。つまり作品の中のわれ(作中主体)と作者は別だったわけです。作品を見てみます。

父危篤の報受けし宵缶ビール一本分の速度違反を

ふれてみても、つめたく、つめたい、だけ、ただ、ただ、父の、死、これ、が、これ、が、が、が、が、

遺影にて初めて父と目があったような気がする　ここで初めて

読者はこれらの歌を読んで「作中主体は父親を亡くした」と知り、「歌の作りからして作者は若者だ」と推測し、作中主体と若い作者を同一視してしまいます。

短評を記しますと、「沈鬱な挽歌である。」（加藤治郎）、「父親の死と葬儀をめぐる心の揺れがややハードボイルドなタッチで詠まれている。」（栗木京子）、「父親の老い、病、死を軸に、暗く激しいタッチで詠まれた一連である。」（米川千嘉子）といった具合で、あたかも作者が、父親を若くして亡くしてしまったかのように同情しています。しかし、授賞決定後、父親が健在であることが明らかとなりました。石井は「死のまぎわの祖父をみとる父の姿と、自分自身の父への思いを重ねた」と語ったそうで、授賞式には父親も駆けつけたそうです。

その年の「短歌研究」十二月号で、選考委員だった栗木は「父の死とした方が新人賞としてインパクトがあると作者がもし計算したのだとしたら嫌だ」と発言していましたが、石井は、祖父よりも父親を亡くしたことにした方が共感を得るだろうと考え、実際それが功を奏したことになります。つまり、作中主体の父親は死にましたが、作者の父親は生きていると

いうことになるのです。次に紹介する作品も作中主体の父親が亡くなった一首です。

息ひきし父の半眼の目を閉ずる母の指花にふれいるごとし　　**玉井清弘**

この一首を読み解こうとするとき、作者だとか、作中主体だとかにこだわる隙間はないように思えます。作者は息を引き取った父親とその半眼を閉じる母親の行為を見ています。その指先があまりにやさしく、まるで花に触れているようだというわけです。この解釈をするときに作者玉井清弘の父や母ではなく、誰か知れない作中主体の父や母を思って読み解かなければならないのだとしたら、短歌とはなんと虚しい文学なのかと感じる人もいるかもしれません。しかし、作者が別の誰かになりかわって詠うということは、古典の時代から行なわれてきたことです。「別の誰かになりかわる」ことによって、かえって自分の心の奥底の「真実」を詠めるということもあり得るのでしょう。その「虚構」の作り方には相当の力量と短歌への情熱が必要です。「虚構」のなかに潜むゆるぎない「真実」がなければ単なる「浅はかなつくりごと」になってしまい、作品の力が弱くなることは間違いありません。

Q18 短歌における「写生」と「写実」の違いを教えてください。

【ポイント】「写生」と「写実」

A 「写生」というのはそもそも美術の言葉ですが、これを俳句や短歌に持ってきたのが、正岡子規です。子規の写生論は、一九〇〇年に始まった「根岸短歌会」から短歌結社「アララギ」へ、伊藤左千夫、長塚節、斎藤茂吉、中村憲吉、島木赤彦らを中心に受け継がれ、変革しながら広められてゆきます。四六年の「八雲」創刊号に「アララギ連峯」（岡山巌）なる文章があります。

今日の歌壇にはまことに多くの峯々が、それぞれ独立した山峯として空にそびえてをり、おのおの若干づつの特色と姿態をもつて其の存在を主張してはゐるが、さてそれらは本質的にどうお互に異つてゐるかと云ふことになると、にはかに鑑別しがたいものがある。

このように書き出され「今群立する多くの歌壇山峯は、主として其の湖源地を明治三十年代に登祥した二つの大山脈にもつ。」とし、与謝野鉄幹の浪漫主義と子規の現実主義の二つの山脈が時代とともに高さを加え、広がりを増して、一大山脈を完成したと述べています。

鉄幹、晶子の「明星」をも含めての「アララギ連峯」であるとの認識のようです。根岸短歌会から半世紀近く経て、一大山脈の裾野は広がり、大多数の庶民を短歌に取り込んだのです。その要因はアララギ系の作歌の根本姿勢「写生」にあると言っていいでしょう。

「写生」を辞書的に説明すれば〈景色や事物のありさまを見たままに写し取ること。絵のほかに、短歌・俳句・文章についてもいう〉というものです。初心者がよく言われるのが「思ったことや見たことをありのままに、五七五七七にすればいいんだよ」です。しかし、それでは「そうですか短歌」になったり、「独りよがりな歌」になったりするのです。島木赤彦は『歌道小見』（岩波書店）で「写生」を簡潔に説明しています。

私どもの心は、多く、具体的事象との接触によつて感動を起します。感動の対象となつて心に触れ来る事象は、その相触るる状態が、事象の姿であると共に、感動の姿でもあるのであります。左様な接触の状態を、そのまゝに歌に現すことは、同時に感動の状態をそのまゝに歌に現すことになるのでありまして、この表現の道を写生と呼んで居ります。

この一文を簡潔にすれば「具体的事象をそのまま歌に現すことを写生と呼ぶ」ということになりそうです。赤彦は嬉しいとか、悲しいとか、寂しいとか、懐かしいとか、そういう主観的な言葉を用いずにその感情を表すことに写生は実に有用で大切なことなのだとも言っています。「写実」の辞書的定義は〈物事をありのままに文章や絵などに描くこと〉で、「写生」と大差はありません。短歌の世界でも混同して用いられることが多いようでその違いを意識する必要はなさそうです。

『現代短歌大事典』（三省堂）の「写実」の項は〈「写生」は絵画の場合とまぎらわしい面もあるので、「写実」の方が好んで使われる場合も、近年は多い。〉と締め括られています。

九七年の「アララギ」解散後、いくつかの結社が後継を名乗りました。その一つ「新アララギ」のホームページには、「アララギ」終刊ののち、その主義主張である「写実」「リアリズム」短歌の一層の発展を願って、再出発したとあり、「雑誌を手にとって見たい方は発行所に連絡して下さい。「新しい写実」の歌を生み出すのは若い人々のエネルギーです。一緒になって「写実短歌」の新生面を開いてみませんか。」と、意識的に写生を写実と言い換えているようです。短歌における「写生」も短歌史上の遺産として語り継がれてゆく言葉なのかもしれません。

Q19

ごく最近のことですが、ある短歌誌で「代作」という言葉を見かけました。しかし、それは「虚構」を意味しているようにも思われました。この言葉の定義を教えてください。

【ポイント】「代作」と「虚構」

A

ふつう「代作」と言えば、たとえば万葉集で坂上郎女が娘に代わって相聞歌の代作をしているようなことを言いますね。いまならメールで母親が娘の代わりに、そのボーイフレンドへあてた恋文の代作をする、などということはいささか気持ちが悪いですが、娘大嬢の恋愛相手の大伴家持も気持ち悪いなどと思わず、無事に縁談成就に至っています。母娘の一体化は、今に始まったことではないのかも知れませんね。もっともその後、夫になった家持が妻に代わって母、坂上郎女あての歌の代作をしているようで、ややこしい。

しかし今、歌壇で言われている「代作」は、それとは違い、作者以外のものを作品の「私」とするもので、「なりかわり」とか言う場合もあるようですが、要するに作品の中で情景や他の登場人物を見ている、いわゆる視点人物を作者以外のものに置く場合です。それを語り手に置けば一人称視点「私は……を見た」「私は――と思った」と書かれ、三人称の登場人物に置けば「太郎は……を見た」「太郎は――と思った」となるもので、小説ではこれがふつうに行われます。

ところが、現代短歌ではその視点人物がつねに語り手である上に、それが作者自身であるという窮屈な設定がなされているのが多い。古典和歌ではそうではありませんね。百人一首を編んだとされる藤原定家がその中に選んだ自作は「来ぬ人をまつほの浦の夕なぎに焼くや藻塩の身もこがれつつ」という来ぬ男を待ち焦がれている女性の歌です。現代短歌でこれを作ると同性愛の歌かなどと言われそうですが、百人一首では、他にも何首か男の作者が女に成り代わって詠んでいる歌があり、その作品の「われ」は男か女か二通りの意見がある作品もあります。高名な女性の作品で、その「われ」は男だという有力な説のある作品もあります。要するに古典和歌では、視点人物は作者自身とは決まっていないということです。それは誰か実在する人物の代作として作ったものもあるでしょうが、物語ふうに空想した虚構の人物、あるいは普遍的、一般的な男や女としての人物、あるいは男でも女でもあり得る人物である場合があるように思われます。

なお、もし短歌で動物がものを言うメルヘンの世界を描くなら、動物も「われ」となり得るでしょう。『万葉集』では大伴旅人の作品に、琴が夢の中で娘となって歌を詠んだものがあります。

古代をさかのぼると、この代作には二つの流れがあるようです。一つは大国主神が二人の姫（沼河比売《ぬなかわひめ》と須勢理毘売《すせりびめ》）と交わした歌劇ふうのやや長めの歌謡。近代の新体詩などよりずっと現代的な詩となっていると私は見ています。神様が歌った恋歌ですから、戦前この神話を、現実にあった話だとだまされて読んだ人々はともかく、今の時代のほとんどの人は、これは神々の作品ではなく、だれか人間が作ったものだと思って読むでしょう。

虚構であってもおもしろいものはおもしろいのであって、現代でもたとえば、これはフィクションであり実在の会社や人物とはいっさい関係はありませんと、字幕でわざわざ断っているテレビドラマを、実際にあったことのようにハラハラドキドキして見る日本人がいっぱいいるのです。もっともその字幕こそフィクションだと知っている(?)のかも知れませんが。

もう一つは、中大兄皇子（のちの天智天皇）の妃がなくなったときに、帰化人系の野中川原史満という人物がたてまつった短歌とも言うべき歌謡二首があります。

漢詩を翻案して作ったような歌ながら、真情のこもった抒情詩となっています。もちろんこの代作者が妃に恋していたから、などと思う読者はいないので、虚構というなら、その通りだと言わざるを得ません。柿本人麻呂などはこの二つの代作歌の流れの、両方をみごとにこなした大歌人と言えるでしょう。

時代は一挙に現代にとびますが、言葉の定義と言えば、「代作」の定義より「虚構」の定義のほうが難しいですね。定義しないままその言葉を使って、どんどん話をおかしな方向へ持って行くのが日本人によくある論法で、同じことを別の言葉で言っていたり、別のことを同じ言葉で言っていたりして、行き詰まったあげくに論理無用の論法になる傾向があるようです。

さて、話を変えます。短歌における虚構とは何か。

観覧車回れよ回れ想ひ出は君には一日《ひとひ》我には一生《ひとよ》　栗木京子

『展望　現代の詩歌　第8巻　短歌Ⅲ』（平成二十年一月）から引用しました。広く知られた作品です。同書で吉澤慎吾氏が「ところで、先行評同様、筆者もここまで掲歌を恋愛歌として扱ってきたが、実は掲歌は恋愛歌として生まれてきたわけではないのである。」として、作者の自解を引いています。自解の中には、この場所は大学のゼミで行った大阪枚方パークで、「一対一のデートでもないし「君」と特別な間柄だったわけでもない。」と書かれています。現代文学の研究でなら作者の自解をそのまま信じることもあまりないだろうと考えながらも、私はこの場合はこのような次第だったのだろうと思います。しかし、作品から読めるのは、「一対一のデート」で「特別な間柄」の男女である。とすると、この作品は事実と違っています。これは虚構なのか、どうでしょう。

学校へいじめられに行くおみな子の髪きっちりと編みやる今朝も　花山多佳子

『歌壇』（平成二十四年四月号）から引用しました。「自歌自戒」の見出しがあって、「（のちにこの作品を読んだ）娘は（中略）激怒した。いじめられになんか行ってなかった、最低！というわけである。」とあり、下句について、「（作者は）不器用できっちりと編むことなんておおよそ出来ない」「（この作品では）いかにも毎日きっちり編んでいるみたいで、美化しすぎだ。」と書いています。少なくとも作者は「きっちりと」は編めなかったのであり、毎朝というわけでもなかった。

両作品とも、事実と作品との間にずれはあるが、しかし、この現実からこれらの作品が生まれたのは、まことにもっともな出来事だったと思えるのです。作品が現実を上まわっているように思えるのであります。このすぐれた両作品を見て、これを現実へ引き下ろせとは誰も言わないでしょう。

昭和の歌壇では、長く短歌を生活の記録・報告のための即興詩としてきた。その起こりあるいは広まりは、啄木の『一握の砂』あたりの影響からじゃないかと思うのですが、しかしあれは生活の単なる記録でしょうか。なるほど生活の記録かも、と思われる部分もあります。

しかし「病《やまひ》のごと／思郷《しきやう》のこころ湧《わ》く日なり／目にあをぞらの煙《けむり》かなしも」で始まる章、「潮かをる北の浜辺《はまべ》の／砂山のかの浜薔薇《はまなす》よ／今年も咲けるや」の章など人気の高いと思える所を読み進めるうちに、待てよ、これは回想の文学ではないかと思うようになりました。

遠くより／笛《ふえ》ながながとひびかせて／汽車今とある森林に入《い》る
何事も思ふことなく／日一日《ひいちにち》／汽車のひびきに心まかせぬ
さいはての駅に下《お》り立ち／雪あかり／さびしき町にあゆみ入《い》りにき

記録だとしても、こうした連作部分は回想によって小説のように書かれた記録で、当今の現実主義を標榜する短歌の、即興写生のような作り方とは違っているのです。小説を書いた経験がこのような回想の文学を作らせたのではないでしょうか。歌集の少なくない部分が「回想」によって作られたかのようで、結果としてあるいは小説ふうに、映画ふうに描かれ構成されているかのように読めます。

思い出の情景に描かれ、小説ふうに作られ構成された歌集は、日々の記録と言えるのでしょうか。日々の記録と言えば、彼は『ローマ字日記』を残しています。素顔の彼とまでは行かないにしろ、歌集よりはずっとそれに近い。歌集は記録というより創作だったのでしょう。浪費のあげく借金しまくってにっちもさっちも行かなくなった男が「はたらけど／はたらけど猶《なほ》わが生活《くらし》楽にならざり／ぢつと手を見る」なんて、ぬけぬけとよく言うなあとは思いますが、少なくとも、見たまま、経験したままを書くという方法では『一握の砂』は書けません。「虚構」とはこういうものなのです。虚構を「つくりもの」と言い換える人もいます。創造《つく》り物と言えば、音楽も絵画も彫刻も建築も、ドラマも小説も詩も、芸術はみな創造り物であります。「つくりもの」を「虚構」というなら、芸術は、みな虚構されたものです。なお、「写生」はつくるための一つの基本的な手段と言えるでしょう。

見たままを書くと言いますが、実際には人間は決して、近代合理主義ふうの遠近法的視覚で物を見るのではありません。ですから、西洋式遠近法による絵画は、きわめて人工的なものと言えましょう。人間が自分自身に正直になれば、短歌であれ何であれ、そうした強制的な視界を唯一化することはないでしょう。

また、短歌では「ふと思う」はふつうは言わない。ふと思ったことを詠むのが短歌だからという考えもあります。ふと思ったことは、願望や心配など様々な心の動きによって生じるもので、それは頭で考える以前、客観以前のものである場合もあるのではないでしょうか。

Q20

ある人に、私の作品には比喩を使ったものが多すぎるといわれましたが、自分ではそうは思いません。そもそも比喩とはどのようなものなのでしょうか。

【ポイント】「比喩」の用法と効果

A

学校の国語の時間には、「……のような――」「……は――のようだ」「――のように……する」というように、「ようだ」という形容動詞型活用の助動詞が使われていたら直喩、それが使われていなかったら隠喩（暗喩）と習ったと思います。このような「木で鼻をくくったような」（これは直喩）説明では「取り付く島もない」（これは隠喩）ように思われ、分からなくて当然です。

比喩の目印になることばとしては、「ようだ」のほかに、「まるで……だ」「……に似ている」「……のたぐいだ」「……ではないが」などがありますが、一般的に単純に比喩を示すための語といえば「ようだ」でしょうか。具体的な例で言えば、たとえば「白いバラ（の花）のようなダイアナ妃」と言えば、「白いバラのような」が「ダイアナ妃」の直喩になっています。

ここで、説明のために、たとえば「バラの花のような少女」という表現があれば、バラの花で少女をたとえたものとして、「バラの花」を「たとえるもの」、すなわち「比喩するもの」とし、「少女」を「たとえられるもの」すなわち「比喩されるもの」として、説明します。なお、

「たとえ」という言葉のほかに、やや古いですが、「見立て」という言葉があります。微妙なニュアンスの違いはありますが、これも同様に「比喩」を意味するものとしてよいでしょう。

そこで、分かりやすい例として、「白雪姫」という呼び名を具体例として挙げてみます。

①白雪のような姫／② 姫は白雪のようだ・姫はまるで白雪だ／③ 姫は白雪だ／④ 白雪の姫／⑤白雪姫／⑥ 白雪

この①は「たとえている」感じそのものですが、②③は、「見立てている」ニュアンスが出てくるように感じられます。あえて考えればという程度ですが。

さて、①②と③④⑤の違いは、比喩の目印になる「ような」「まるで」があるか無いかですね。③④⑤はそれがないので、隠喩とされます。しかし、これらも比喩するものと比喩されるものが明示されていますので、比喩の目印があろうとなかろうと、比喩だということがわかりますね。つまり、姫の肌の白いことを白雪で例え、ついでに美しさ、清らかさなども例えています。言いかえるなら「白雪」という言葉の内容に、白さ、美しさ、清らかさ、あるいは柔らかさなどの共通した意味要素があることを捉えて、比喩としているのです。しかし、冷たさ、恐ろしさなど、雪国の人が感じるかもしれない「雪」の他の意味要素は切り捨てられています。そちらは日本の「雪女」の属性になっていますね。「比喩」とは、そのように「比喩するもの」「比喩されるもの」という異なる二つのものの、ある一面（部分）の共通性をとらえたものです。

ところで、⑥の例は比喩されるものが隠れています。ただ、それが文脈によって暗示されているかもしれません。例えば継母が「白雪！」と姫を呼んだら、これは比喩から来た呼び名だろうなと読み取れます。よって、⑥その場合、この「白雪」は、言葉には示されていない「姫」を例えた隠喩（暗喩）だと見当がつきます。

しかし、文脈を離れ「白雪」だけだと、比喩だとは分かりにくく、比喩だとしても何を例えたものか直には見えなくなります。本当は①～③の直喩と、④～⑥の隠喩の違いよりも、例示した①～⑤の、比喩・被比喩の両方が明示されている例と、⑥の被比喩の明示のない究極の隠喩との違いの方が文学的には重要かも知れません。

さて、「白いバラのようなダイアナ妃が死んだ」と言うより、「白いバラが散った」と表す方がなにやら文学的ですね。ただ、時代がたつと、文学的に表現したこのバラをバラ戦争のバラかと思ったり、家の庭に咲いているバラだと思ったりする人が多くなるかも知れません。読み手によって多様に読める文学的な表現というのは、実用文では歓迎されず、受験勉強を手段とする学校教育では否定されてしまいますが、それは教育上の問題ですのでここでは扱いません。

また、「比喩が多い」と一般的に言われた場合は、それは直喩、なかでも①の例が多いこ

とを言っているのでしょう。短歌作者の中には、短歌を文学としてではなく、実用文として
とらえる方がけっこう多く、そうした方々からすれば、肝心の比喩されるものが言葉で明示
されない⑥の例などは、論外の悪文とされることでしょう。

ちなみに関西には、「いとごんにゃく」という食べ物があります。糸（例えるもの）とコ
ンニャク（例えられるもの）が両方とも明示されていますので、関東のかたでも、これが何
を指すか見当がつきやすいでしょう。東京ではこれを「しらたき（白滝？）」と言うそうで
すが、そう言われても関西人の私には見当もつきません。その実物を指してもらってはじめ
て、なんだ！　これか、と頷くかもしれません。「いとごんにゃく」は「ようだ」がなくても、
「ようだ」が省略されたものとすぐ知られます。

隠喩としては、たとえば百人一首で知られている小野小町の「花の色はうつりにけりない
たづらにわが身世にふるながめせしまに」があります。この「花の色」が従来は作者の「容
色」だと考えられていましたが、近年では相手の「恋心」だという説が出ています。隠喩は
比喩されるものが隠れていますので。読者によって、比喩される対象が違って取られやすい
という実例ですね。ただ、実用文ならぬ文学作品としては、それもあながち悪いこととは言
えません。

なお、レトリック論で言う比喩には、他に換喩と提喩があります。しかし、私には、それ

らの比喩は、日本語では「たとえ」や「見立て」とは少し違っていて、実感としては「比喩」の外にあるものと思われます。「比喩」という言葉の意味に、ヨーロッパの言語と日本語とでは、ずれがあるのかも知れませんが、ここでは省略します。

なお、文学において重要な比喩に寓喩（諷喩）があります。一つの話の全体で何かを例えているものですが、短歌の場合では、一首全体で何かを例えている、一首がたとえ話のようになって、何かを伝えようとしている作品がそれだと言えるでしょう。

ところで、比喩を使う上で注意しなければならないのは、くれぐれも陳腐な比喩を使うなということです。陳腐な比喩も使い方によっては、まれに成功することがあるでしょうから、実験的に試みるのもいいかと思いますが、結果がありふれた平凡な表現になりやすいですから、そうなったときには、その表現をさっぱりと捨ててしまいましょう。もっとも、例外というものがあって、たとえば恋人からもらった恋歌なら、個性的だがぶっとんだような奇妙な比喩より、平凡で意味にぶれのない比喩の方がいいかもしれませんね。

直喩では、文語短歌で「ごとし」を使った名歌では、私には次の二首がすぐに思い浮かびます。

いづこにも貧しき路がよこたはり神の遊びのごとく白梅　　玉城　徹

夕闇にまぎれて村に近づけば盗賊のごとくわれは華やぐ　前登志夫

比喩は作っても読んでも楽しいものです。

比喩はたのしい南瓜をおぢいさんといふ人の心にふれて歳晩　外塚　喬

と最近の歌集にもある通りです。同じく近年に読んだ歌集から少し比喩の例をあげてみます。

酢のごとき雨に身体のぬれながら裏から男の入って来たり　蒔田律子
喪の家のキッチン赤く灯りをり花のごとくに人らゆれをり　落合けい子
長い髪ほどいて服を脱ぐようにひとりの部屋で花束を解《と》く　山本夏子
砂嵐のなかの卵のやうなるは写メールに届く胎児五週目　たなかみち

直喩を表す「ごとし」「やうなり（ようだ）」のある作品だけを選びました。「比喩するもの」と「比喩されるもの」の組み合わせに意外性があって、しかも、読めばなるほどと納得できる程度の飛躍に収まっているものと言えましょうか。隠喩がさらに進むと、幻視や虚構と呼ばれる世界が待っています。

死は涼しい処女の顔で、街路樹の陰や図書館の窓から見張る　　　松平修文

なお、擬人法などは比喩するものが人に限られているからか、陳腐なものでなくても安易な表現、浮わついた表現になりやすいですので、これを使うときはよくよく用心しましょう。山崎方代の次のような作品は、擬人法として読まれることもあるようですが、私は擬人法を超えたものとして読みました。

寂しくてひとり笑えば茶ぶ台の上の茶碗が笑い出したり　　　山崎方代

方代の歌では、比喩としての笑いではなく実際に茶碗や石や指が笑うのでしょう。擬人法を使いたい方は、いっそのことメルヘンのようなアニミズム的世界を幻視するのもいいかと思います。

比喩表現は文学の醍醐味の一つです。短歌について読者としての鑑賞眼をみがくとともに、比喩についても臆することなく、作品を作られるといいでしょう。

Q21 オノマトペを使ってみたいのですが、何か常套的でない使い方をするにはどうすればよいでしょう。

【ポイント】常套でない「オノマトペ」

A

オノマトペには「ざあざあ」雨が降るとか、「ばりばり」板が裂けるとか、日常的なレベルのものから、宮澤賢治の童話のように「グララアガア」「ギイギイフウ」「ぺかぺか」「のんのんのん」など、個性的でその作家特有のものもあります。三十一音しかない短歌の中で、オノマトペを平凡でなく使おうと考えるなら、やはり自分の耳や体感で生み出した後者のようなもののほうが望ましいのではないでしょうか。たとえば、

月ひと夜ふた夜満ちつつ厨房にむりッむりッとたまねぎ芽吹く　小島ゆかり

試験管のアルミの蓋をぶちまけて　じゃん・ばるじゃんと洗う週末　永田　紅

べくべからべくべかりべしべきべけれすずかけ並木来る鼓笛隊　永井陽子

小島作品は「もりもり」に近い力感としてこのオノマトペを使っています。たまねぎの芽は細いので、たくましい「もりもり」ではなく、皮を突き破って出てくる鋭さをあらわす「むりッむりッ」になったのでしょう。カタカナをまじえた表記法もユニークです。

永田作品は、『レ・ミゼラブル』（ユゴー）の主人公の名を、日本人が耳にしたときの連想をうまく使っています。それを思いついた瞬間の、作者の少しユーモラスな苦笑も浮かんできます。最後の永井作品はオノマトペの傑作だと私は思うのですが、チューバのベリベリ、バキバキという音感を古語「べし」の活用にひっかけ、最後に「鼓笛隊」と種明かしをする。いずれも読者の記憶に残り、歌の中心をなすパーツになっています。

これら三首は耳に食い込む音感が中心になっているのですが、逆にきつい音感でない優しいものもあります。

しゆわしゆわと馬が尾を振る馬として在る寂しさに耐ふる如くに　杜澤光一郎

秋の雲「ふわ」と数えることにする　一ふわ二ふわ三ふわの雲　吉川宏志

「しゆわしゆわ」は、炭酸のはじける音とも重なりつつ、馬の尻尾の触感を感じさせます。草食動物のなにげない淡泊な動きが、「寂しさ」とともに立ち上がります。

「ふわふわ」は個性的というよりは、一般的な言葉です。しかしこれをふわふわしたものの単位とみなし、「ふわ」として独立させると、また新たな角度で鮮やかによみがえります。

ところで、オノマトペについて、最近話題になっている研究があります。オノマトペが身体活動に与える影響です。オノマトペを発しながら跳び箱を跳ぶと、これまで跳べなかった小学生が跳べた、という話題で、TVにも何度か取り上げられました。提唱者の藤野良孝氏は、もともとスポーツ選手のかけ声とパフォーマンスの関係の研究を通じて、オノマトペに注目したそうです。

たとえばゴルフの実験では、バックスウィング時に「スーッ」、ダウンスウィングから打ったボールを見送るまでの間に「ガァァァー」と叫んだときと叫ばないときで飛距離を比べると、叫んだときのほうが平均十ヤード以上も飛距離が伸びたというのです。「オノマトペは、言葉で頭をコントロールするのではなく、声で直接体に働きかけている」ので、身体的効果が強いうえ、精神的にも「集中力が高まる」「雑念が消える」とのこと。こうしてみると、オノマトペとは単にものごとを面白く描写する言葉というにとどまらず、感覚や体感に密着したパワフルな言語です。絵本や児童文学には満ちあふれていますし、物事の具体感をわしづかみにできます。概念よりも直接心に響きます。さきの跳び箱を跳ぶ言葉は「サーッ、タン、パッ、トン」で、縄跳びの二重跳びを教えるには、二度回す、と教えるのではなく「ヒュンッ、ヒュヒュンッ」だそうです。これは短歌に使ってみたくなりますね。

そしてさきほどの「ふわ」に戻るのですが、この藤野氏が八十名あまりの女子学生を対象に、異性から言われてよい気分になるオノマトペを調査したところ、なんと「フワフワ」が一位だったとのこと。氏はこのオノマトペを唱えるだけで、リラックス、安眠に効果がある、とし、「安らぎのオノマトペ」と名付けています。

心理的に、安らぎと逆の方向性ならば、さきの永井作品が示すように濁音がよく、濁音系は力強さ、露骨さを強める効果があります。さらに、これを自らの感情ともからめると、次のような作品も思い出されます。

君を打ち子を打ち灼けるごとき掌よざんざんばらんと髪とき眠る　　河野裕子

これは複合オノマトペというか、ざんざん、という豪雨のような音、ばらん、とものが壊れる、落ちる、ほぐれる音、そこに「ざんばら髪」という言葉も暗示しつつ、すさまじい鬼女のような心持ちをあらわしています。

最後に、最近目にした、若々しいくしゃみのオノマトペもあげておきます。

カーテンのレースは冷えて弟がはぷすぶるぐ、とくしやみする秋　　石川美南

Q22

短歌では「嬉しい」とか「悲しい」とか「寂しい」とか言わない方がよいと、歌会などで、度々評されます。日々の生活の中で感じる様々な思いを歌にしたいから短歌を始めたのですが、そのような感情の吐露はダメなのでしょうか。【ポイント】喜怒哀楽のすぐれた表現

A

短歌は「詩」ですから「余韻」「余情」が大切です。作者が思っていることを全部述べてしまったら、つまらないのです。限られた情報のなかから、読者が想像することが短歌を読む（あるいは聴く）楽しみなのではないでしょうか。

「それを言っちゃあ、お終いよ」、「言わぬが花」という言葉がありますが、「短歌では一番言いたいことは言うな」というようなこともよく耳にします。そして短歌はわずか三十一文字です。言わなくても読者が「感じる」ことができる事柄に文字数を使うのはもったいないことです。例えば、「夕暮れ時、小さな池に鴨が一羽浮かんでいる」という情景を表現することによって「ああ、寂しいなぁ」と読者が感じる、というような作りの方が、より「詩的」で優れた一首になる、ということです。

死に近き母に添寝《そひね》のしんしんと遠田《とほだ》のかはづ天《てん》に聞《きこ》ゆる　斎藤茂吉

この歌を、

死に近き母に添寝のしんしんと遠田のかはづ聞こえて悲しとしてみるとどうでしょうか。歌としては成立していますが、「悲し」とはっきり言ってしまうより「天に」と入れることによって、「かはづ」の鳴く声が地面から湧き上がり、まるで空に昇って吸い込まれてゆくようです。母もやがて天国に行ってしまうのだ、という作者の悲痛な想いが伝わり、「かはづ」の声が天使の奏でる楽曲のようにも感じられ、その音と共に母が天に召されてゆく、というイメージすら喚起されます。そして、ただ、「悲しい」のみでなく、命の崇高さも感じられ、読者の心が浄化されてゆくのです。

このように読者に情景やイメージがありありと浮かび、その画像によって作者の想い、ひと言では表せない複雑な心情が感じられる一首がこそが秀歌なのです。

しかし、直接的な感情表現が使われるものでも秀歌はあります。

兵たりしものさまよへる風の市《いち》白きマフラーをまきゐたり哀《かな》し　大野誠夫

戦後、廃墟の街に希望や光を見出そうと、いち早く瓦礫の街や必死に生きる人々の様を詠んだ大野誠夫の代表作です。

この歌の場合はっきり「哀し」と述べています。

兵たりしものさまよへる風の市《いち》白きマフラーをいまもまきたり

あるいは、

兵たりしものさまよへる風の市《いち》白きマフラーをしかとまきたり

として、直接的な感情表現をせずに一首に作れるところを大野誠夫はあえて「哀し」と結んでいます。戦時中は花形であった飛行隊の象徴ともいうべき「白いマフラー」を戦争が終わった今も、まるで生きて帰ってきたことが罪であるかのごとく、後ろ指をさされ、仕事もなく、落ちぶれてしまった兵士が唯一の矜持として、それにしがみつくように、外さずにいること、その様が「みっともない」「何やってるんだ」ではなく、「哀れ」であると、作者は感じているのです。それは戦争というもの、敗戦というもの、そこで生きている人々のいのち、それらに対する万感の想いがあるのです。作者は「哀し」とあえて、はっきり直接の言葉にすることで、万感の想いを表現しようとしたのです。

このように、歌によっては、直接的な感情の表現を使うことによって効果が出ることもあります。ただ、このような方法で成功する歌は稀であると言っていいでしょう。多くはなるべく直接的な言葉は避けて作る方が良いように思われます。

Q23

短歌教室で「独りよがりの歌だ。これでは共感が得られない」と言われました。私の歌なのだから共感を得ることより、自分の思いや考えや経験を一首にすることを優先したいのです。これは間違っていますか?

【ポイント】「独りよがり」と「共感」、何を以て自作の核とするか

A

「独りよがりの歌」とは批評するときによく言う言葉で、批評用語と呼ばれるものの中には「自己陶酔」というこれに似た言葉もあります。これらは作者だけが納得していて、読者にはその歌意がよくわからない場合に使われることが多いようです。つまり、作者が自分の楽しみとして日記代わりに短歌を綴っているのであれば、「自分の思いや考えや経験を一首にすることを優先」すれば良いのです。他人にとやかく言われる筋合いはありません。

しかし、短歌を発表する、つまり読者を獲得したい、誰かに読んでほしいということであれば共感を得られるか得られないかは重要なこととなります。あなたの思いや考えや経験を単純に定型にしただけのつぶやきを読まされる読者はたまったものではありません。「読者はこれを読んでどう思うか」という第三者の視点に立つということは大切です。私は読者の共感を得たいがために短歌を作っているのだと言っても過言ではありません。

中井英夫が各短歌総合誌の編集長だった昭和二十四年から三十五年までを回顧した短歌論

集『黒衣の短歌史』の「さよなら一九五〇年」に、古橋広之進が世界記録を樹立したことや、ノーベル賞を受賞した湯川秀樹を讃える歌が蔓延している当時の短歌界を嘆く、こんな一節があります。

日本幾万の歌人はせっせと古橋や湯川を讃美する歌を製造し、あるいはしばらく見ぬうちに鴨居にホコリがたまっただの、コーモリに穴があいただの、さては走ったらあつくなった、マメが出来た、というようなたぐいを三十一音にまとめあげる事に腐心している模様である。

六十余年経った今でも、正月のスーパームーンがどうの、横綱稀勢の里がどうのとか、平昌オリンピックのメダルがどうのといった短歌が溢れ、半世紀以上前の短歌界と同じようなことが言えることに愕然とすると同時に、そこに短歌の底力さえ見てしまうのは、やはり私も「うたつくる民」であるからなのでしょう。

短歌は自分のメモとして日記帳などに綴っているだけでは単なる短歌ですが、発表するとそれは作品となります。「作品」とは一般的に〈製作した品。特に、文芸・音楽・美術工芸などの芸術的製作物。「文芸——」「芸術——」〉と定義付けられています。ここで注目したいのは「芸術的製作物」だということです。短歌を発表することにその覚悟があるのか否かが問われているような気さえしてきます。作者は読者の大切な時間を頂いているのです。芸術的製作物に相対したときに感動が生まれますが、その感動の前提には共感があるのではないでしょうか。共感を得るためには読者に理解してもらわなければなりません。しかし、理解してもらいたいからといって作者が短歌の中ですべてを言ってしまっては概ねつまらない作品となります。読者が鑑賞する隙間すら残っていない歌のことをも「独りよがりだ」という所以です。中城ふみ子の『乳房喪失』から作品を紹介します。

音たかく夜空に花火うち開きわれは隈なく奪はれてゐる
灼きつくす口づけさへも目をあけてうけたる我をかなしみ給へ
子が忘れゆきしピストル夜ふかきテーブルの上に母を狙へり

自己陶酔とは批評するときのマイナス表現ですが、作者がうまく酔っていれば読者も一緒に酔うことができるのです。作歌とはある意味、自分自身に酔わなければできないことなのかもしれません。

第三章　短歌を考える

Q24

特に大きな事件がないときの生活を歌う場合、ふくらみのある歌ができにくいのですが、日常をもとにしながらも詩情を加味するような方法はあるでしょうか。

【ポイント】短歌のふくらみ

A

例えば、ピカソの絵を想像してみてください。女性の顔がもとになっていても、鼻や目といったパーツが空間に自由に配置されています。生活の中で目に入るモノや場所、それらをきちんとした因果関係や論理にあわせずに、ばらばらに浮遊させてみたらどうでしょう。

秋階段十五段目に腰を掛け立ちてかおれる人に会うべく　**大野道夫**

作者は「秋」「階段」「立つ」「かおる」などの絵の具を持ってきて、絵を描こうとしています。作者の気持ちの中にあるのは、秋の清爽な空気、白く乾いた階段、そこに腰かけて人を待っている気持ち、その相手は「かおる」という言葉が似合う人（たぶん女性）。

これを、いつ、どこで、だれがどうした、という説明でつなげようとすると、うまくいきません。秋の公園の階段に腰をかけて、恋人を待っている。これでは焦点の小さく絞られたリアルな写真になってしまいます。

大野道夫は、「秋階段」と、ふたつの言葉をくっつけてしまい、秋という大きな時間と階段という小さい場所を混合させます。そしてそのぶれた視界の中に、「立ちてかおれる人」というこれまた「無理な」言葉を投入します。そうすると、自分は腰かけ、相手を見上げている、という構図に、「かおれる」がふわっとまぶされます。全体が、ピカソやシャガールの絵のように、重力から解放されて、ふんわりとした「気感」に満たされた中に、私、階段、彼女が浮かびます。こういう作り方でもよいのだ、と絵を描くつもりで書いてみましょう。

ゆく春や　とおく〈百済〉をみにきしとたれかはかなきはがききている　下村光男

これもまたフェイントの効果をねらった一首。百済といえば、何が浮かびますか。私などは「百済観音」（法隆寺）を連想しますが、飛鳥時代の木像仏で、男性とも女性ともつかぬおもざしを持っています。かの地が「百済」と呼ばれていた時代も遠く、当時の日本人にとっては空間的にも遥かだった国です。その百済をみにいったよ、とだれかからはがきが来ていた、という歌。すべてが縹渺とした春の空気の中に漂っているような気分の一首です。百済の何を見にいったのか、はがきの送り主はだれかなど、あえて焦点をぼかし、「はかなきはがき」の呟きを生かしています。

Q25

最近になって「自分らしい歌」とは何かを考えるようになりました。果たして「自分らしい歌」を求めることが良いのか、また、そもそも「自分らしい歌」とは何かについて考えています。教えてください。【ポイント】自分らしい歌

A

多くの場合、先ず、「とにかく自分なりに作ってみたい」というところから短歌のスタートが切られるようです。「自分なりに」というのは「自分ありのままに」「無理なく」というところですね。それと比べると、「自分らしい歌」というのは、「自分なりに」の一段上の段階にさしかかっていると思われます。言ってみれば、「自分なりの表現」というのは「間違いのない表現」であり、「自分らしい表現」というのは「豊かな表現」ということになるでしょう。この「豊かな表現」というのは、作者自身を「出し切る」ことです。作者は、会社になぞらえれば、大きな「資産」を持っているといえます。経験や知識にとどまらず、まだ発揮されていない可能性も、忘れさったように思っている過去の記憶もみんな資産です。自分の持ついろいろな特性、持ち前を意識的に積極的に出していきましょう。

そのいちばんの近道は他者の作品を注意深く味わって、この人は何を言おうとしているのだろう、どう考えているのだろうと見詰めてみることです。

これの世の色《しき》はすなわち空《くう》にして空はすなわち海に沿う街　沖ななも

福島での作です。被災地を訪れて目の当たりにしたものは、まさに「空」、その感じたところを「般若心経」の「色即是空」をたぐりながら述べています。単なる描写にとどまらずに、思想的、思索的な方向付けによって述べたい思いを大きく広げ、かつ転換しています。

なんとなく語尾に「なはん」とつけてみるやさしい岩手の風を感じて　大西久美子

イーハトーブこと岩手県生まれの作者にとっては、接続助詞、標準語の「ね」にあたる、いやそれ以上の語感を含む「なはん」はまぎれもない「資産」です。それと知らない読者にそっとそれを示しながらのひとりごとは何ともいえない温かな輝きを見せてくれます。

論《あげつら》ふは非のみぞ自賛して日を稼ぐ国会議員を〝先生〟と称ぶ　日野正美

最近の政情や国政を見極めての重いひとこと。舌鋒鋭く「他人に厳しく自分に甘い」という国会議員の側面をするどく指摘しています。人生を見続け、社会の動きを観察し続けた「人生のベテラン」のひそやかな鉄槌です。硬骨の人らしい息づかいが見えませんか。

『私』とふ未完の書物に余白あらば書き継ぎゆかむ日々の喜び　雅風子

衒いもなく、改まった腕まくりこそ見えませんが、自身を「未完の書物」と定義して、これからの喜びを書き込んでいこうという、短歌を生活の一部になし切ってさえいるような清楚な「自分らしさ」がたくまずして表わされています。共感できますね。

発表という行為は、読者と作者の間の幕を切って落とします。一読、誰にでもわかる歌がもちろんスタンダードですが、一方で、自分の結論を言い切らず、読者の読みに委ねる、ある種のコラボのような呈示で、読み手を巻き込むような短歌もあります。

光るゆびで海を指すから見つけたら指し返してと、遠い契約　石川美南

一見して「遠い契約とは何だろうか」と読者に考えさせる作りです。しかし、よく読むと、遠い昔の、たとえば少女の頃の海との契約、つまりは憧れを詠ったのだとわかります。「指すから」「見つけたら」と畳みかける表現は約束（契約）の純粋さをにじませます。

野に出でて菫の花を探しゐむあなたのなかに棲む悪童子　寺島博子

「悪童子」は、大切な意中の人であろう「あなた」の中に棲む存在、とだけ示されています。この、そのまま呈示された「あなた」を読者は知る由もないのですが、作者にとって大切な存在、いわば「資産」として受け留め、そのほほえましさを共に享受するのです。

最後に、「自分らしさ」の真骨頂、「破格の短歌」を紹介しましょう。島田修三は当代きっての「荒事師」、ここでは、万葉研究者の知性と伝法口調を共存させるいわば「乱闘式文体」を見せています。初句を静かに入りながら、一転、結句の大見得へとなだれていきます。

昨夜《きぞ》ふいに自暴自棄になり果てて今朝はしやぎゐる俺たあ何だ　島田修三

私は「短歌は五重の塔だ」と見立てています。もちろん五七五七七の五階層だということと関係しますが、実際の五重の塔には工法的にも中央に心柱《しんばしら》というのが一本通っていて、揺れにはめっぽう強いといわれています。伝統の詩形に載せればこそ、多少の、揺さぶりがあったとしても、個性の風雨が襲ったとしても、短歌形式は却って美しく屹立するのです。

Q26

短歌教室で「この歌は主題を一つに絞ったほうが良い。五七五七七という制約のなかにこれだけの事象を詠みこむのは不可能だ」と言われました。また「この一首の視点は良いから五首なり十首なりの連作にしてみたら?」とも言われました。短歌における一首独立と連作との関係性を教えてください。また群作という言葉も最近聞きましたが連作とどう違うのでしょうか?【ポイント】一首独立と連作

A

「一首独立」の歌を十首並べて冒頭にタイトルをつければ連作となるのか? 答えは否です。佐佐木信綱は「短歌の一つの形式に連作がある。短歌は五句の短い形式であるから、歌おうとする事がら、または眼前の景物が多い時には、到底一首には歌いつくせない。また絵物語風につづけて歌いたい場合などに、三首五首あるいは十首と続けてよむことがある。それを連作という」と言っています。つまり連作にはまとまった何首かの作品に主題やテーマが必要なのです。とはいっても一首が前後の作品に凭《もた》れかかっているようでは一首独立の原則を崩すことになります。

私が一首独立にこだわるのはそもそも短歌とは何かということに繋がります。伊藤左千夫のように「短歌とは心の叫びである」と答えることもできるでしょうが、その詩形から「短歌とは五句三十一音の定型短詩である」と答えることができます。みそひともじとも言いま

すが、短歌の形式上の決まり事として五句三十一音（三十一文字）ということは唯一無二の短歌のルールであるわけです。つまり、三首並べて一つのことを表現したら三十一音ではなく九十三音による表現となるわけです。また三首並んでいるうちの一首だけを抜き出したときに、意味の通じないものは短歌ではないのです。

短歌を一本の木に例えれば一首よりも五首束ねた方が強いことは誰でも理解できます。五首の力によって一首を凌駕することは容易かもしれません。しかし、連作中の一首であっても一首独立の原則を崩すべきではないのは当然のことです。

あなたは勝つものとおもつてゐましたかと老いたる妻のさびしげにいふ

二〇一五年の短歌研究十二月号「短歌年鑑」の歌人アンケートで最高得票となった作品です。難しい言葉や表現はなく至って平明な作品です。年老いた妻が年老いた私に「あなたは勝つものと思っていましたか？」と寂しげに問うたのです。これが先の大戦のことを言っていることをおのずと理解できるでしょう。しかし、作者が土岐善麿で、一九四六年十月発行の歌集『夏草』に収載された作品であるということを知らない場合、この一首だけで年老いた妻は第二次世界大戦のことを夫に問うているのだとは容易に理解できないでしょう。この歌は連作「会話」七首の一首目に置かれています。以降、次のような作品が続きます。

子らみたり召されて征きしたたかひを敗れよとしも祈るべかりしか
遥かなる南の島にありとのみ伝へ来し子の母とともにありぬ
このいくさをいかなるものと思ひ知らず勝ちよろこびき半年があひだ
いくたびか和平のときをこばみつつ敗れてつひに悪を遂げたり
ただ一途にたたかはざるべからざりし若きいのちよ皆よみがへれ
ふとしては食後の卓におしだまり澄みゆく朝の空を仰ぐも

土岐善麿を知らず、後に並ぶ作品を知らない場合、この「あなたは勝つものと」を理解するには相当に頭を悩ませることになるでしょう。ちなみにこの歌人アンケートは「戦後七十年を記憶する歌」というテーマでした。

連作については冒頭の佐佐木信綱の言葉がすべてを言い当てているようですが、「群作」については、はっきり定義づけられていないようです。たいがいの短歌愛好者は「このことを連作にしてみよう」とは思っても、「群作にしてみよう」とは思わないでしょう。そういう経験からしても群作という言葉を特に意識しなくてよいように思います。

Q27

食べ物を取り上げる場合、日常の料理風景、食材などは歌にしやすいと思うのですが、「厨歌」の範囲から出て、もうひとひねりするためにはどんな工夫があるでしょうか。

【ポイント】日々の着眼のヒント（食べ物）

A

確かに、団欒の風景や食べ物の味や温度などはよく取り上げられますが、もう一歩踏みこんで食べ物の形自体を観察してみると、

気の付かないほどの悲しみある日にはクロワッサンの空気をたべる　杉崎恒夫

クロワッサンのさくさくした歯触りではなく、中にある空気のほうに着目した歌です。その空気の中に、パンの香ばしさをささえる何かがこもっている。悲しみのそこはかとなさがそこにうまく重なります。気分と形態の二重写しです。

また人間ではなく、動物と食べ物という組み合わせはどうでしょう。

人が食べたヨーグルト容器を見るときに犬のよだれは垂れてやまずも　大室ゆらぎ

犬は「待て」としつけられて待っていても、じーっと食べ物を見つめ、よだれを垂らしています。そのしぐさに、いかにもおいしそうな感じが伝わってきます。

こころよりうどんを食へばあぶらげの甘く煮たるは慈悲のごとしも　小池　光

甘さはときに大きな慰藉《いしゃ》を与えてくれます。醤油と砂糖のしみたあぶらげは、日本の食材として「おふくろの味」にも通じます。ふっくらとした歯ごたえが、なにものかからのやさしさ、ではなくもっと格調高い「慈悲」へと昇華。寒いなか、また気持ちも冷え込むとき、歯にしみるきつねうどんをすすっている作者の猫背の姿勢も浮かんでくるようです。

こぼれたるミルクをしんとぬぐふとき天上天下花野なるべし　水原紫苑

上句のミルクと、下句の壮大な景色には、目に見える関係はありません。でも下句の世界によって、主体に動きが生じます。うつむいてミルクを拭いている姿勢から、（心の中で）天を見上げると、突然そこに花が咲き満ちて「ぱあっ」と気持ちも顔も明るくなる。ミルクの神話的象徴性にも心が向いてきます。何かを見つめて没頭するのではなく、この歌のようにその食材が、歌の世界の広がりにとって唯一無二である、と感じられるように作れれば最高です。そのためには、とちゅうで姿勢を変えてみるというのも、効果は大です。

生き霊のごとくにさみし捌きたる魚のにほひが指先に立ち　　寺島博子

料理中の歌の中で心に残っているものの一つです。ものを煮ている歌だけでなく、まな板の上に注目する歌も多くありますが、「切るのが堅い」とか「色あざやか」とかだけでなく、匂いのついた指先のほうに気持を向けています。「生き霊」とはたしかに、なまぐさいものかもしれませんし、活きのよい魚だとついさっきまで生きていた、その残酷さをも感じさせます。それは自分の指先にも匂う何か。一匹の魚から、生きとし生けるものへ、すべてへと、思いをうっすら広げわたしてゆく一首です。

Q28

家族は身近すぎて歌いにくいところもあります。内輪な呟きにならないためには、どんなふうな姿勢を心がけたらよいでしょうか。

【ポイント】日々の着眼のヒント（家族）

A

これは難しいのですが、ちょっと離して歌う、やや即物的な視線で歌うというのはひとつの手かと思います。

みどり子は窓辺にねむる足裏の生命線を風にさらして　**大辻隆弘**

幼いわが子が安心して、無防備な姿で眠っているさまを、親として愛おしいと思うとともに幼く傷つきやすい身体を気遣う気持ちが、「生命線」への視線にあらわされています。「やわらかそうな足裏」ではなく、さらに限定して、あまり感情がにじみ過ぎない「生命線」にしたところに、かえって読者は惹きつけられます。

ああ人は子らの父なり夕星《ゆふづつ》の淡きを提げ戻り来るなり　**河野裕子**

帰宅する夫を歌った歌です。この人は、私のふたりの子どもの父親なのだ。言葉にしていることはほぼそれだけなのですが、夕星の淡さが、さまざまな感情の陰翳をあらわします。自分から少し遠ざけた視線が「人は」という言葉にも見られます。

家族に対する思いは、自分にとっては非常に複雑で濃密なものであり、ともすれば言葉にのせるのではなく、言葉が感情の背中にあやうくしがみついている、という姿勢になりがちです。特に「父」「母」「子」という言葉だけで、重く共有されるものがあるはずですから、あとは少し即物的に歌ったほうがよいかもしれません。

目にせまる一山の雨直《すぐ》なれば父は王将を動かしはじむ　坂井修一

これは作者が男性であるか、女性であるかで、全く違ってくる歌ですね。青年期の息子と父の間のはりつめた緊張感か、または娘でしたら、大人の男性である父から受ける威圧感とそれににじむ思慕。ただこれは男性の趣味である将棋がテーマなので、前者と取られやすいかと思います。いずれにせよ「王将を動かしはじむ」と父の一手を叙するだけで、息詰まるような何かがこちらに寄せてきます。この感情の内容は読者の数だけあり、歌としての奥深さを感じさせます。「ただ叙する」ところに、相手の体温や息遣いも伝わってくる歌です。

Q29

現代ではゲームなどでも、画面上のいろいろなパーツを選んで組み合わせ、簡単に身体のイメージを作れる時代です。それゆえに、身体全体が合理的、形態的に標準化されてしまい、精神を含めた身体の重たい存在感を出すのは難しいと感じます。たとえばどんなやり方があるでしょう。【ポイント】日々の着眼のヒント（身体）

A

たしかにヴィジュアル先行の時代の今は、身体意識が軽くなり、希薄になっている気はします。アニメやヴォーカロイド、そしてCGで作られる実写キャラクターもいるのです。手応えを求めて、少しクラシックな時代の大歌人たちの作品をひろってみましょうか。

雨中ま白く肌よりあがる湯気をまとい揉む男たち揉まるる御輿　佐佐木幸綱

「男歌」の代表のように呼ばれる佐佐木幸綱の、祭の最高潮の場面を歌った歌です。こうした祭儀の場では、肉体が精神から解き放たれて恍惚に身をまかせ、そこから死と背中合わせのエロスが奔騰してきます。

死後も高熱のわが息薔薇色に身體髮膚魔に享《う》けしかば　塚本邦雄

「身体髪膚」とは五体そのもの。こちらもたけだけしく力強い言葉と、死、高熱、魔が合体して、やはりエントロピーの過熱した世界が立ち上がります（もっとも後の歌集では、みずからこれをパロディ化して「身体髪膚は父母より享けてその他《ほか》の一切は世界からかすめとる」（『魔王』）という作品もありますが）。男色をテーマにすることも多い塚本の作品では、身体のパーツも肉感的に「朱欒の浅くくぼみたる臍」などと歌われます。タブーを犯すことへの気迫がふてぶてしくみなぎります。

眼下はるかな紺青のうみ騒げるはわが胸ならむ　靴紐結ぶ　　福島泰樹

こちらは学生運動の闘士として出発した福島泰樹。「絶叫コンサート」を長年行い続けていますが、（自らも本職である）僧侶の行う読経と重ねあわせた独特の「全身を酔わせる」短歌群です。この歌の「紺青のうみ」は機動隊の制服のこと、校舎の屋上からそれを見下ろして、胸をたぎらせ、戦闘のために「靴紐を結ぶ」。これから全身を闘いに没入させてゆく覚悟がみなぎる身体です。

身体を賭けて何かをなしとげようとするこうした忘我の行為は、現代ではスポーツにしか残っていないのかもしれません。ちなみに福島はボクシングのセコンドの資格も持っていま

す。「明日《あした》のジョー昨日の情事蓮の花咲いてさよなら言いし女《ひと》はも」（同前）

さて、では現代の私たちが「身体を賭する」としたら……、

海賊より空賊がいい　寝転んでこの空を青く青く蹴る男子　千葉　聡

バンザイの姿勢で眠りいる吾子よ　そうだバンザイ生まれてバンザイ　俵　万智

やはり目につくのは、スポーツ、子育て、そして教育という、身体全体で相手に関わる行為の場面かもしれません。

ひとつお勧めのやり方があります。

夏空の飛び込み台に立つひとの膝には永遠《えいえん》のカサブタありき　穂村　弘

永遠のカサブタ。飛び込み競技をする人にとって、飛ぶ前に、一刹那かがめる膝は、競技の勝敗を制するもっとも重要な場所かもしれません。そこには数日前の怪我のカサブタもあるでしょうし、ほんの少しの角度が結果を左右することへの緊張もあります。そういう意味では、身体の意識がこの一箇所に集中する。

そんなふうに一つの部分で、身体を象徴させてみては、どうでしょうか。
あるいは全身をとらえるにしても、

報《しらせ》あり　つめたき水に浸かりいる茎のごとくにじっとしている　江戸　雪

この「報」はおそらく悲報、あるいは予想外の知らせでしょう。身体からさっと血がひいて動けなくなる。その自分の全身を「水に浸かりいる茎」として、象徴的に置き換えています。背筋に寒気がした、とか、足の力が抜けた、というふうな常套的な捉えかたではなく、身体全体を気分のようなものとして捉える。動けない、という代わりに「水に浸かった茎のようにじっとしている」。そこに独特の自分らしい身体感が生まれてくるのではないでしょうか。

同じような趣向の歌に、こんなものもあります、

かりそめにこの世にありて何とせう　立つたまま夢を見てゐる箒　永井陽子

Q30

固有名詞を使った短歌を作ってみたいのですが、広告のキャッチコピーのようになってしまいそうです。良いお手本があれば教えてください。また固有名詞はどんな効果が期待できますか？

【ポイント】固有名詞が世界を広げる

A

大きければいよいよ豊かなる気分東急ハンズの買物袋　俵 万智

オレンジの空の真下の九十九里モノクロームの君に寄り添う　同

万智ちゃんを先生と呼ぶ子らがいて神奈川県立橋本高校　同

私が社会人になってから自分で買って読んだ歌集は『サラダ記念日』でした。学生時代に漠然と「短歌とはこんなモノ」と思っていた常識がいっぺんにひっくり返りました。「東急ハンズ」「九十九里」「神奈川県立橋本高校」などの固有名詞で作品にぐんと具体性が増し、当時まだ二十代だった等身大の俵さんが隣で微笑んでいるようでした。ここから短歌が身近になりました。読み手によって心に響く固有名詞は様々ですが、それを探りながらフィッティングルームで着替えるように作歌をすることは楽しい作業ではないでしょうか。

野茂がもし世界のＮＯＭＯになろうとも君や私の手柄ではない　枡野浩一

ばなな的悲劇が欲しい　デニーズのコーヒーとうに致死量こえて　同

こちらは一九九七年に発刊された歌集に収められた作品です。このように「野茂英雄」「吉本ばなな」など、現象とも旋風とも呼ばれたその時代を代表する人名を使うのも「歴史のページ」を刻むようで楽しいことです。そして読み手の心にも、それらとともにあなたの作品が鮮明に刻まれていくのです。

「先生、吉田君が風船です」椅子の背中にむすばれている　我妻俊樹

「吉田君」は実際の人物ではないと思いますが「吉田君」を使うことで具体性もさることながら、読み手がそれぞれの「吉田君」を想像して個々の感想を持つことができるのです。あなたにとっての「吉田君」はどんな人でしょうか。いじめっ子？　いじめられっ子？　初恋の人？

本物の季何に贋者と見破られ家を追はれぬいづくへ行かむ　堀田季何

「本物の自分」ではなく「本物の季何」とすることで、よくありがちな「私は誰？」から脱却するとともに、読み手のイメージを喚起させ作品世界への入口を広げています。

そのベロはなんとかおしよ成人の日の和服着しペコちゃん人形　杉崎恒夫

九〇歳の歌人の歌集として話題となった杉崎さんの『パン屋のパンセ』に収められたこの作品では老若男女の共通語として「ペコちゃん人形」が効いています。
　ここで藤原龍一郎さんの作品を紹介します。固有名詞の使い手と呼ばれる藤原さんの歌集を手に取るとその多さと巧みさに目を見張ります。

マリオンの背景として暗紅の暮色都会を抒情せよとぞ
第一生命ビルは　解体されゆきてこの落日の自我よ主体よ
このように世紀は終る終末のジュリアナ東京に扇子はゆれて
レインボウ・ブリッジと呼び絶望の橋と呼ばざる都市の慈悲こそ
終末の映像として凝視する煙雨にけぶる池袋サンシャイン

誰もが知る都内の建築物が登場します。これらは作中主体が首都東京に向けるアイロニカルと言える中にも愛着のある感情を読み手に納得させる大きな力を持っています。

中華定食なる過剰食みてのちマーロックス・プラスなる過剰をも呑む
アルダクトン一錠セルシン二錠のみ反ヘルシーな眠りに墜ちる
タバスコ中毒なる虚実こそ十月にふさわしき患者中森明菜
ビッグ・ウエンズデー来ず稲村ジェーン来ず不惑平穏なる日の終わり
中島みゆき「遍路」にサナトリウムなる単語はありて、闇、深き闇
神の声にはあらざれど耳に憑くヘビーローテーションの「慟哭」
昭和三十三年四月印刷の都電路線図そのダダイズム

薬の名前、歌手の名前、サーファーが待つ大きな波の名前、曲の名前、そして製造年号のほか、あなたの短歌に具体性を与え、読み手を歌の世界へ誘う鍵とも言える固有名詞はあなたのまわりにあふれています。また、あなたらしさを表現する最大の小道具にもなり得るのではないでしょうか。固有名詞を有効に使って、あなたの短歌の世界を広げていきましょう。

Q31

あまりふだんは、やらないのですが、俗語、雅語、外来語などを入れてみると、どんな効果が期待できるでしょうか。【ポイント】雅語、俗語、外来語の効果

A

これは難しい問題ですね。以下、それぞれの例をごらんください。まず俗語の例。

終わらないクソゲーみたいな平坦な地平を小またで駆けて駆けて駆け　柳谷あゆみ

クソゲーとは、つまらないゲームをさしていう若者言葉。俗語といっても、「いまいち」のように元の言葉が類推できるものもありますし、「リア充」（リアル＝現実生活が形だけ充実しているのを皮肉った言葉）のように訊かないとわからないものもあります。この歌の作者はあまりそうした流行語は使わないのですが、この歌などは、ささくれだった気持ちを表すときに、一種の連帯を求めて使っているようです。個人の言葉から、日常の共通の話し言葉に近づけることで、浮薄さ、力強さ、その両方が加わるように思えます。

晩冬の東海道は薄明りして海に添ひをらむ　かへらな　紀野　恵

雅語もまた使いにくい言葉です。どうしても古典の世界の中での使われ方に引っ張られ、美しいけれど「借り物感」が伴います。この歌の作者のように、擬古典的言葉遣いを縦横に駆使できる作者であっても、「かへらな」はアレンジの巧さ、言葉を扱う手つきへの注目が先行しがちです。作者が現代人である、というところが抜け落ちやすくなります。

これを避けるため、雅語を逆手にとって、パロディとする別のやり方もあります。たとえば「潔くわが心境を述べるならあかねさす夜ぬばたまの昼　福島泰樹」のように。

ポパイなやつポップコーンなやつなどがぞろぞろ歩くペプシな渋谷　高野公彦

現代では外来語というジャンル自体、存在しないような気がします。はやる言葉や商品、概念は翻訳されず、むしろカタカナ書きのまま日本語として通用しています。掲出歌は、外来語とはすでに言えないこれらの外来語を形容詞にすることで、雑誌のキャッチコピーをなぞりつつ笑っているようです。

いずれにせよ異化効果を狙える試みとして、視野に入れておくのはよさそうです。ただ、ともすれば時代をあらわす「タグ」になってしまう危険もお忘れなく。

Q32

先日、総合誌に掲載されていた有名歌人の作品にそっくりな歌を某大会の詠草集にみつけました。「本歌取り」といわれればそうかもしれませんが……。どこまでが「本歌取り」で、どこからが「剽窃」なのでしょうか。

【ポイント】「本歌取り」と「剽窃」

A

剽窃について現代短歌の世界で最も有名なのが、寺山修司が西東三鬼や中村草田男やなどの俳句を「流用」して短歌を作り、大バッシングを受けた事件です。

マッチ擦るつかのま海に霧ふかし身捨つるほどの祖国はありや　寺山修司

寺山の代表作ともいわれるこの一首は、以下の俳句を基に作ったようです。

夜の湖ああ白い手に燐寸の火　西東三鬼
一本のマッチをすれば湖は霧　富澤赤黄男
めつむれば祖国は蒼き海の上　同

寺山は「(盗用じゃない)コラージュだ」と公言していたそうです。この位のものであれば「コ

ラージュ」といっても差し支えないと思いますが、

向日葵の下に饒舌高きかな人を訪わずば自己なき男　寺山修司
人を訪はずば自己なき男月見草　中村草田男

わが天使なるやも知れぬ小雀を撃ちて硝煙嗅ぎつつ帰る　寺山修司
わが天使なるやも知れず寒雀　西東三鬼

わかきたる桶に肥料を満たすとき黒人悲歌は大地に沈む　寺山修司
紙の桜黒人悲歌は地に沈む　西東三鬼

莨火を床に踏み消して立ちあがるチエホフ祭の若き俳優　寺山修司
燭の灯を莨火としつチエホフ忌　中村草田男

莨火を樹にすり消して立ちあがる孤児にさむき追憶はあり　寺山修司
寒き眼の孤児の短身立ちあがる　秋元不死男

ここまでくると「物まね小僧」と糾弾されても、ある程度はは致し方ないという部分もあるかとは思います。編集者の中井英夫には「（締切まで）時間がなかったんだ」と告白したとかしないとか。いずれにしろ、俳句と短歌というジャンル違いではあるけれど、寺山は、一首のみではなく、このように俳句を流用して複数の短歌を作りましたが、その中のいくつかの作品は現在でも多くの読者に読み継がれ、愛されているという事実があります。

しかし、寺山のような天才ならいざ知らず、例え「真似じゃない、越えるんだ」という意気込みで作ったとしても、それがオリジナルを越えることは、殆どないでしょう。まぐれで褒められたとしても、オリジナルより「やや、まし」なくらいで、「物真似」あるいは「盗人」になるのは、つまらないことです。それは人にバレるとかバレないとかの問題ではありません。自分の真実の心の問題です。練習のために、好きな歌人の好きな歌を真似て作ってみることは悪い事ではありませんが、やはり下手でも良いから、物真似ではなく、自分の歌を作り、発表した方がずっと楽しいと思います。

「本歌取り」という、意識的に先人の作の用語や語句などを取り入れて歌を作る方法も古来から確かにありますが、短歌を作って間もない方は、余りやらない方が良いし、自身の練習帳にのみ記録して発表は控える方がよいように思います。もっとキャリアを積んで、自分の個性、文体がある程度できてからの「本歌取り」であれば、単なる「真似」あるいは「盗用」

にはならず、本歌のスピリットを大切にし、かつ、作者オリジナルの匂いのする一首がものにできるのではないでしょうか。

小竹《ささ》の葉のさやぎ背《せ》にしてみほとけのうちに入《い》らむと心経をよむ　綾部光芳
小竹《ささ》の葉はみ山もさやに乱《さや》げどもわれは妹思ふ別れ来《き》ぬれば　柿本人麻呂(人麿)

綾部光芳は長年に渡り古典及び仏教の研究に情熱を傾けて来た歌人であり、その結実としての「本歌取り」です。そして、この歌は飯能市の長泉寺の住職、山影康洋老師の就任記念として建立された歌碑に刻まれており、急逝した綾部の妻の菩提を弔うための石仏（十一面観音菩薩立像）と共にあります。綾部はこの歌について、「人麿の「小竹《ささ》の葉は」を読むと、人麿の妻への思いが痛切に感じられるのだが、「別れ」を妻の死と置きかえてみると、偶然の一致とは言え妻への私の思いは人麿の思いと重なり思いは一層深まるのである。そうした意味で、この一首は、私にとって仮初《かりそめ》のものではない。」（『短歌の源流を尋ねて』短歌研究社）と述べています。

Q33 短歌では推敲が大事だと言われますが、推敲はどのように、どこまでしたらいいのでしょうか。

【ポイント】「推敲」の重要性

A

あるとき、他の歌人はどのように歌を作っているのかが気になって、親しい歌人や歌仲間に訊いたことがあります。多くの方は机に向かって歌を作る、また何人かは散歩中にできると応えましたが、ある人は車の運転中にできることが多いと応えました。信号停止のときにすす早く書きつけると。しかしこれは危険です。

私に関していえば、散歩中にしかできません。机に向かって、うんうん唸りながらは作れません。散歩中に耳や目に入ってくる、川の音、風の音、木々の葉擦れの音、鳥の声、そして夕焼け空を飛ぶ鳥の姿などに感応して、歌ができることがあります。できないことの方が多いのですが。一首の歌というわけではなく、上句の五七とか下句の七七だけという歌の断片の場合もあります。

仕事の都合上、比較的早くから携帯電話をもっていましたので、メモ機能に一首の歌や断片を打ちこんでいました。これを歌の種と言っています。まだ携帯電話が珍しい頃、道端でもたもたとメモ機能に歌を打ちこんでいると、自転車で通りかかった中学生の一団に、「おっさん、メールしてよるで」とひやかされたものです。

この携帯電話（いまはスマートフォン）のメモ機能から、パソコンのワープロに打ち換えるとき、一度目の推敲をします。そして歌会に出すとき、二度目の推敲をします。三度目は、歌会のあと、そこで出た批評を参考にして推敲をすることがあります。しかし批評されたからといって、必ずしも表現を直すとは限りません。これでいいと思ったときはそのままにしておきます。

四度目は、所属誌や総合誌に、十首なら十首として発表するときに推敲します。十首という歌の場の磁力により歌の表現が揺れ動く場合があるのです。そして最後は、歌集に収めるとき、三百～四百首という歌の場の磁力により、推敲によって歌の表現が換わる場合が出てきます。

携帯電話やパソコンは便利なツールですが、しかしながら、これらを使って推敲するとこの五度にわたる推敲の跡が全く残らないのです。ただはじめからそうであったかのように、歌は歌集の中ですました顔をしています。

それに比べて私の歌の師匠の前登志夫は終生手書きでしたので、推敲の跡がくっきりと残っています。推敲はどうあるべきかを推敲された二首から見ていくことにしましょう。（Aは雑誌に初めて発表された形です。Bは歌集に収められた完成形です。）

Ａかなしみは明るさゆゑにきたりけり一本の樹の羞らふ陰翳《かげり》
Ｂかなしみは明るさゆゑにきたりけり一本の樹の翳らひにけり

Ｂは第一歌集『子午線の繭』の巻頭の一首です。まわりの世界があまりにも明るいので、一本の樹が羞らうように翳ったところに作者の孤独な魂のかなしみを見てとって、Ａの結句の方がいいとする意見がいまでもあります。しかしＢの結句のように推敲すると、羞恥という感情だけでなく、一本の樹は、明るさのなかにさらされた存在そのもののもつエロスとタナトスがせめぎ合う翳りを曳くことになってはいないでしょうか。

Ａ夜となりて雨降る山かくらやみに脚を伸ばせり死者にまじりて
Ｂ夜となりて雨降る山かくらやみに脚を伸ばせり川となるまで

Ｂは第六歌集『青童子』の巻頭の一首です。この歌集の初校ゲラの推敲の跡を見る機会がありました。収録歌三二五首のうち七〇首近くに推敲の朱が入れられていました。引用の歌のように結句や下句の推敲が多いのですが、「てにをは」といった助詞を換えたり、「こそ」の係り結びで助動詞を已然形に換えたり、漢字からひらがなへの変換もあります。そして無念をにじませたような朱線が引かれて七首が削除されています。朱で真っ赤になった、文字どおり血のにじむような推敲の跡を残す初校ゲラを見て鳥肌が立ったことを憶えています。

Aの結句は、「雨降る山」に生きて死んでいった多くの死者に自分も連なっていくという作者の思いが詠まれていますが、結句をBのように換えると、山に降った雨が、「くらやみに脚を伸ばす」作者の身体を浸し流れて川となってゆく、自然と人が一体となった大きな景があらわれています。

かつて前登志夫は「暗道《くらみち》のわれの歩みにまつはれる蛍ありわれはいかなる河か」(『子午線の繭』)と詠みましたが、推敲後のBの歌は、下句の「われはいかなる河か」に呼応した応えのような一首になっていないでしょうか。「河」はいま産土の山を流れる「川」となり、作者は自然と合一したかのようなやすらぎさえ感じさせます。推敲することによって、野生のコスモロジーと呼んでもいい、大きな歌になったと思います。

第四章　短歌を楽しむ

Q34 短歌を読む醍醐味は何ですか。また現代短歌の味わい方を教えてください。

【ポイント】短歌を読む醍醐味

A

あわただしい日常を生きていても、いや生きているからこそ、ふとため息がでるように、歌の断片が口をついて出ることがあります。その断片がきっかけとなり、一首の短歌がよみがえり、あわただしい日常にも涸れることなくほとばしる清冽な清水となって、渇いた感情を潤してくれることがあります。

短歌を読む醍醐味は、そんなときに最も感じられるのかもしれません。

短いからこそ易々と私たちの感情の襞に棲みつき、しかもかなしみやさみしさや怒りなどの私たちの感情を代弁してくれるので、どんなに忙しくても、ページをめくる手間さえいらず泉のように湧き出てきます。

かんがへて飲みはじめたる一合の二合の酒の夏のゆふぐれ　若山牧水

体じゅうに溜まった仕事の疲れは、酒でしか癒すことができませんが、妻子を養っていくには健康のことも考えなければなりません。

はたらけど／はたらけど猶《なほ》わが生活《くらし》楽にならざり／ぢつと手を見る　石川啄木

このように口をついて出てくる歌は、人によっては、百人一首の歌かもしれませんし、ここに引いた啄木や牧水の歌のように、憶えようともしなかったのにいつしか感情の襞に棲みついてしまった歌かもしれません。これらの歌のように、口誦性に富んでいて、百年も前に詠まれたのに今なお色褪せることのない歌もありますが、現代を生きている私たちの歌を読むという楽しみが、いつか自分でも歌を詠むという楽しみにつながっていくことを念じつつ、現在只今のもっと身近な歌をすこし読んでいくことにしましょう。

使用後の父のおむつの重みほど朝の市にて選《よ》る冬キャベツ　藤島秀憲

作者は父が亡くなるまで二十年近く父の介護をしたと言います。それだけでも頭が下がりますが、その介護の日々をあまり暗くならずに歌にしています。「朝の市」で「冬キャベツ」を選んでいると、ふと「使用後の父のおむつ」の重さが思い出されます。人の世のさびしさを詠んでいますが、歌を詠むことで救われていることがしらべから感じられます。

くちづけの深さをおもひいづるとき雲雀よ雲雀そらを憎めよ　水原紫苑
さくら山よしやよしのの幻のひとつか彼のあはき体温　日高堯子

歌を詠む以上は、天地《あめつち》をも揺さぶるような相聞の歌を一首ものにしたいものだと思ってきました。残念ながらまだ果たせないでいます（果たせないかもしれません）。

一首目、「くちづけの深さ」として表現される愛情の深さは、雲雀が啼き昇る空の深さに比肩されています。愛情が深ければ深いほど、憎しみも深くなります、逢えないとき、あるいは恋人が去って行ったとき。二首目は、桜満開の時季の吉野山が詠われています。しかし遠く離れた千葉県に住む作者にとっては、なかなか満開の時季の吉野山に訪れることはむつかしいのです。「幻のひとつか」と呟いたとき、いまとなっては「あはき体温」となって残っている彼が、幻の吉野山のように思い出されたのです。

無数の芽抱きし木々に寄れずいる産めよ産めよとささやくようで　鶴田伊津
膀胱を蹴るのはちょっとやめなさい天地を知らぬ怖いものなし　大田美和

一首目の感覚は男の私にはわかりにくいものです。しかし歌を詠む女性も多いので、すこし見ておくことにします。びっしりと梢に芽吹きを待つ芽をつけたきさらぎの木々でしょうか。「産めよ産めよとささやくよう」に息苦しいほど芽をつけているので、若い女性である作者は近寄りがたいと詠っています。二首目は、胎内の胎児に呼びかけるように詠まれた歌。ユーモアがあって、のびのびと育っている胎児に対する大らかな生命の讃歌です。「膀胱」と「天地」の取り合わせがなんとも新鮮です。こんな風にして産まれてきたのかと、母に感謝する気持ちが湧いてきます。

山の樹に白き花咲きをみなごの生まれ来につる、ほとぞかなしき　　前登志夫

早春の山の樹に白い花が咲いた頃、待望の女児が誕生しました。辛夷の花でしょうか、女児の誕生を祝福するようにぽつぽつと咲いています。「ほと」は女性の陰部をいう言葉ですが、いやらしさは微塵もありません。実に大らかな女性讃歌、いや命の讃歌でしょう。「かなしき（＝愛しき）」と手放しに詠う父の喜びがしらべにひびいています。

Q35 しらべのよい歌と言いますが、しらべと韻律は違いますか。

【ポイント】「しらべ」と「韻律」

A

短歌は五七五七七の三十一文字からなる韻文です。時代によっては短歌とも和歌とも言われましたが、千三百年以上にもわたって、多くの人に詠まれ／読まれてきましたので、短歌の韻律は、心音と同じくらい、私たち日本人の体に刻みこまれたリズムだと言ってもいいでしょう。

「韻律」と言いましたが、「韻」はひびき、「律」はリズムを表しますので、「韻律」というのは、ひびきやリズムが総合されて生み出される短歌特有の音の流れと言えるでしょう。この三十一音が奏でる気持ちのよい音の流れを「しらべ」とも呼んでいますので、「韻律」と「しらべ」の区別をつけるのはむつかしいのです。私は、「韻律」よりも柔らかな「しらべ」という言い方を好みます。一首の内容が「しらべ」に乗って味わえることが、短歌を読む魅力の大きな要素になっていると思います。リズムのよい歌やひびきのある歌を（本当は切り離すことはできないのですが）、具体的に見ていくことにしましょう。

『万葉集』の時代は、現代のように目で短歌を読むのではなく、「ウタ」として声に出して歌われていたので、なんといってもリズムのよい歌が憶えやすかったでしょう。誰かが歌った「ウタ」を耳で聴き、口ずさみ、そして誰かにまた歌ってやったことでしょう。

よき人のよしとよく見てよしと言ひし吉野よく見よよき人よく見　『万葉集』巻一

よき・よし・よくという言葉を畳みかけた、大らかで明るい国讃めの歌であることがわかります。この歌には、「天皇、吉野宮《よしののみや》に幸《いでま》せる時の御製歌」という詞書《ことばがき》があります。民謡風なリズムを生み出しながら、壬申の乱ののちの平和の誓いが大らかにひびいてくるようです。このような大らかさをひびかせることができたのも、天武天皇が大海人皇子のとき、近江大津京を逃れて吉野山中に隠棲するという悲愴な脱出行を乗り越え、壬申の乱を経て、今の世を現出させたという自信みなぎる思いがあったからでしょう。

多摩川にさらす手作りさらさらになにそこの児のここだかなしき　『万葉集』巻一四

これは労働歌でしょう。冷たい水に布をさらすというつらい労働も、この歌を口ずさみながら行うと、連帯感が強まり、心が温かくなったことでしょう。

リズムのよい歌とひびきのある歌を区別すること自体が間違っているような気がします。

リズムのよい歌は、「よき人の……」のようにY音のひびきがよいし、「多摩川の……」のように上の句のS音から下の句のK音にひびきがスムーズに移っています。

リズムのよい歌と重なるところが大いにありますが、ひびきのある歌を見ていくことにします。

小竹《ささ》の葉はみ山もさやに乱《さや》げども吾は妹思ふ別れ来《き》ぬれば　『万葉集』巻二

この柿本人麻呂の歌は、風に鳴る笹の葉に切なさが鳴り響いている相聞歌の傑作でしょう。S音にはどことなく神聖なひびきがあり、一首に鎮魂の趣きがあります。たましいを鎮めるとともに、魂振《たまふ》りというたましいをふるい立たせるひびきを聞きとってもいいかもしれません。

永井陽子は、この神聖なS音のひびきを聞き取った耳のいい歌人でした。次のような歌を詠んでいます。

さやさやさやさあやさやさやさやげにさやと竹林はひとりの少女を匿す　永井陽子

神聖なS音が風に鳴る竹林で遊ぶひとりの少女。おそらく、この風に鳴る竹の葉の音は、人麻呂の歌の「小竹の葉」の音と響き合っていると思います。誰の心にも、さやさやと風に鳴る竹林の中で無心に遊んでいる、こんな神聖なひとりの少女が匿れ棲んでいるのではないでしょうか。

永井にはほかにも、「べくべからべくべかりべしべきべけれすずかけ並木来る鼓笛隊」という助動詞「べし」の活用を使って、鼓笛隊の生き生きとした行進を詠んだ一首もありますが、この耳のよい歌人は残念ながら若くして亡くなりました。

佐佐木幸綱は、しかしながら、「短歌は「しらべ」ではない、「ひびき」なのだ」と言いました。

ゆく秋の川びんびんと冷え緊まる夕岸を行き鎮《しず》めがたきぞ　　**佐佐木幸綱**

この一首は、晩秋の夕暮れの「冷え緊まる」川のように「鎮めがた」い意思がひびいてくるような歌です。川の流れのように「しらべ」に流されるのではなく、川を凍らせる「ひびき」が大事だというかのように。

Q36

歌集を読んでいて難しい言葉にときどき出会います。調べてみてなるほどと感心することもありますが、たびたび辞書を引かされるようだと少し反感も出てきます。また、「なるべく平明に書くように」と書いてある本もあります。短歌を作り続けていく上で意識的に言葉を集めることは必要なのでしょうか。【ポイント】語彙収集の意味

A

短歌を作る上でいちばん大切なことは「自分の思いを伝える」ということです。そのためには「わかりやすく書く」ことが基本です。ですから、基本的な言葉を十分に駆使して思いの丈を述べることにまず努力すべきです。そういう意味では、わざわざ無理をしてまで語彙を増やす必要はないだろうと言えます。

しかし、ものを読むということ自体に、読者が新しい刺激や驚きを求めて読むという現実もあります。旅行に行くときに絶景を求めるのと同じことです。

天は傘のやさしさにして傘の内いずこもモーヴ色のあめふる　　佐藤弓生

この世の中を「やさしさ」という感覚で捉え直している気持の良い作品ですが、一首を支えているのはやはり「モーヴ色」です。日常使わない語、『広辞苑』にはない語ですので、

色彩図鑑を見ると、赤紫系の色、モーヴはフランス語でゼニアオイとあります。さらに、この名は人類初の合成染料に与えられた色の名であって、それを着用してビクトリア女王が万国博の開会式に登場して話題をさらった色だともいうのです。ということから、染色やファッションでは知る人ぞ知る色、そう知って親しく読み直すと「いずこも」がいっそう効いてきます。色の膨らみの効果でしょう。十二色のクレヨンでは描けない強みが出ています。

動悸して鬼を待ちゐる隠恋慕《かくれんぼ》の緑金の秘密過ぎて想へや　菱川善夫

菱川善夫は評論を得意とする歌人であり、制作する短歌もまた独自のものでした。もとより作歌は自由ですが、そうはいっても、このような作品は多くの実作者からは「晦渋《かいじゅう》」という評を貰うでしょう。しかし、この作品から、「詩集『隠恋慕』に託した離別」というテーマに新鮮な味わいを覚える読者も少なくないはずです。短歌では見なれない語の配列によって斬新な情景が構築されたのだと言えます。

わざわざ「新奇な語」を使うことは、たしかに、基礎を学んでいる間は控えた方がよいでしょう。だからと言って、ずうっとそのまま「難しい言葉」に封印をしてしまうのは考えものです。

長く短歌を友とするならば、言葉を集めることにも熱心であることは必須です。英語の初学の頃、単語帳を作って覚えた経験のある方も多いでしょう。将来のための蓄えとして、短歌の単語集を作っても面白いかも知れません。たとえば、家事ことば、理科ことば、社会科ことば、ビジネス用語、趣味の用語、風の名前、月の異称、身体の部位の名称、言葉からの連想はさらに別の言葉を呼び込みます。それに、言葉は意味の広がりを持ちますから、決して孤立はしていません。ひとつの言葉の周辺に立ち入って「対義語」「類義語」「音韻」など、幅広く考える態度は、作品を構成する言葉をより豊かにします。

たとえば、「多い」と「少ない」のような対義語を念頭におくことは、発想の切り替えにもなって、創造にしばしば効果を現します。「対義語」の例をいくつか挙げてみましょう。たとえば、

暗黒―光明　依存―自立　遠隔―近接　強硬―軟弱　空虚―充実　軽薄―重厚　減退―増進

興隆―衰亡　常住―無常　粗野―優雅　などなど。

類義語も分け入ると面白いものです。

「喜び」という意味を示す熟語だけでも「類語辞典」によれば、喜悦、愉悦、満悦、恐悦、歓喜、歓心、欣喜雀躍、驚喜、随喜、法悦、欣幸などが挙げられ、さらに語句として「笑壺に入る」「浮き立つ」などが書かれています。わが身の喜びに、どれがいちばん近いかを見定めるのも一興です。

やや、トリッキーですが、熟語の後半部が同じ音である語について考えることも、言葉を広げるには有効です。一例として『逆引き広辞苑』から、「竜・りゅう、りょう」で終わる語を拾ってみても、悪竜、雲竜、画竜、恐竜、降り竜、首長竜、亢竜、蛟竜、青竜、人中の竜、潜竜、天竜、土竜、呑竜、鳴き竜、飛竜、暴君竜、翼手竜、雷竜などなど。短歌では「押韻」は一般的ではありませんが、リズム上の効果は狙えます。

ただ、こうして出会った言葉はじっくり自家薬籠《じかやくろう》に溜めるのです。ある人が、別のある量産型の歌人の歌集を見ていたら「キーワードがアイウエオ順になっていて何となく『広辞苑』が浮かんできた」という笑えない風評もあります。珍しい語に出会ったからといってすぐさまぽんぽん使うのはやや軽率、というより本末転倒です。

どんな分野であれ、基礎技術の繰り返し訓練は必要でしょう。絵を描く場合でも、多くの色を知っている方が、より正確な描写ができるように、多くの言葉を知っている方が豊かで厳密な表現ができることには疑いはありません。

バードウォッチングならぬワードウォッチングをお勧めします。これまで気づかずに、人生ですれ違っていた言葉を呼び止めるのも、短歌に付随する「楽しみ」に違いありません。

Q37

感覚が古いのか、ヘンな短歌を見ると拒否反応が起こります。ヘンな短歌はどう読めばいいのでしょうか。

【ポイント】読む楽しみ（奇妙な味わい）

A

「ヘンな短歌」というのは、「奇妙な味わいのある短歌」のことを言われているのでしょうね。ちょっと奇異に思われる歌を何首か見てみましょう。

意識的に新しい感覚や新奇さを出そうとねらった歌もありますが、時代がその作品に新奇さをつけ加える場合もあります。最近の出来事が私にその作品の新奇さを再認識させることになった歌から見ていきます。

原子炉の火ともしごろを魔女ひとり膝に抑へてたのしむわれは　岡井　隆

この歌の入っている歌集『鵞卵亭』は、興味を惹く好きな歌が多かったので、ノートに書き写しながら読んだことを思い出します。その時は、この歌も奇妙な味わいのある相聞歌、あるいは現代という危うい時代をエロスの味付けをした風刺の歌として読んでいましたが、福島の原発事故があったとき、真っ先にこの歌が脳裡に浮かんできました。原子炉という魔女である現代文明を「膝に抑へてたのしし」んでいた私たちの奢りへの警鐘として。

長く短歌を読んでいますと、知らないうちに読んだ歌が脳の中の貯水池みたいなところに貯えられていて、先に見た「原子炉の……」の歌のように、何かの拍子にぽこっと浮かんでくることがあります。

驛長愕くなかれ睦月の無蓋貨車處女ひしめきはこばるるとも　　塚本邦雄

この歌は、二〇一四年の四月に、ナイジェリアのイスラム過激派組織「ボコ・ハラム」が、約二〇〇名以上の女子生徒を誘拐したというニュースを耳にした時、にわかに思い出されました。この歌は、以前アウシュビッツなどの強制収容所へ運ばれる少女たちというイメージで読んでいましたが、今は新しいイメージが加わりました。救出された生徒もいると聞きますが、まだ全面的な解決の目途は立っていないと報道されています。

いま述べてきた二首は共に、時代がさらに切実な意味合いと新奇さを呼びこんだといえるでしょうか。次に、意識的に新奇さを出して、読者のイメージを喚起しようとしたように思える歌を引きます。

白日下変電所森閑碍子無数縦走横結点々虚実　　加藤克巳

この歌は漢字ばかりでできています。ちょっと短歌には見えません。この歌が収められている歌集『球体』の他の歌は現代口語で詠まれていますので、読んでみますと、「はくじつか　へんでんしょしんかん　がいしむすう　じゅうそうおうけつ　てんてんきょじつ」となるでしょうか。字余りのところもありますが、短歌のしらべは踏んでいます。
真昼の変電所は森閑として静かで、そこから縦横に走る送電線には無数の白い碍子がついている、その点々と見える碍子も遠くの方では幻のようにかすんでいる、というのでしょう。じっくり読めば、風景を写実的に切り取った歌と言えます。

なんだか　さう　なんだかなんだ　さう　わたし　浮けり　うはみずざくら見てゐて
渡辺松男

この歌は、加藤克巳の歌とは正反対に漢字は二つしか入っていません。平仮名を多用することによって、「うわみずざくら」を見ていたときの浮遊感が、N音とS音の繰り返しや字間を空けることと相俟って効果的に表現されています。散る花びらとともに異界へと浮遊していってしまいそうなしらべです。

にぎやかに釜飯の鶏ゑゑゑゑゑゑゑゑゑゑゑゑひどい戦争だった　加藤治郎

この歌はちょっと手ごわいですね。こう読むべきだとは決めつけられませんので、あくまでも私の読み方であることを断っておきます。

この歌は、鶏肉が具だくさんに入っている釜飯を食べている食卓で、突然、ひらがなの「ゑ」の字の鶏が思い浮かんだというのではないでしょうか。「ゑ」は、くびられる前に逃げまどう鶏の姿と声を連想させて効果的です。その逃げまどう鶏から、「ひどい戦争だった」とイメージが飛躍します。この歌が詠まれた頃の戦争はイラク戦争ですが、いつの時代の戦争でもいいのです、戦争で逃げまどう人々の姿や叫喚へとイメージが広がっていきます。

Q38

先日の歌会である方が不倫の恋の歌を提出されました。「与謝野晶子のようで素晴らしい」と好意的に評されていたのですが、私は少々疑問を持ちました。確かに、与謝野晶子は文学史においても高い評価を得てはいますが、『みだれ髪』は不倫の歌ですよね。不倫のような歌をもてはやすのは、よくないと思います。【ポイント】「相聞歌」不倫と道徳

A

まず第一に「文学は道徳ではない」ということです。たとえば推理小説は基本的には人殺しの犯人捜しのワクワク感を楽しむものですが、これは「よくないこと」でしょうか。本当に人殺しをしたり、その犯人捜しにワクワクするというのはよくないことですが、文学のなかでは何をしても自由です。

人間という存在は多かれ少なかれ残虐性があります。頭の中では「あいつをぶっ殺してやりたい」と誰もが一度くらいは思ったことがあるのではないでしょうか。その願望を叶えてくれるのが文学なのです。

不倫の歌も同様です。恐らくは多くの人が、甘く激しい「道ならぬ恋」に胸をときめかせてみたいという願望を持っていると思います。しかし、それを実際することと想像することは全く違います。想うだけと実行することには隔たりがあると思います。文学は現実とは別のもうひとつの世界につかのま遊ぶアイテムです。豊かな楽しみです。

あなたは、『みだれ髪』の与謝野晶子が、想像で不倫の歌を書いたのではなく、実際に妻子ある鉄幹と不倫をし、それを歌にしたことを、よくない、と言っているのかもしれませんね。鉄幹は妻子に嘘をつき、若い晶子と深い仲になり、晶子と結婚をしたいが為に妻子と離婚をしました。鉄幹を信じていた妻子はとても悲しく悔しく傷ついたことでしょう。しかもそのことをネタに歌集を出して世間に知らしめました。嘘をつき、人を悲しませるようなことは、許されないことでしょう。

しかし、作家というのは、人として立派かどうか、人として誠実かどうか、ということとは違うのではないかとも思います。『みだれ髪』は情熱的で浪漫的で、当時でなくとも現在でも、その世界感は色褪せることなく、読者は圧倒されます。このような作品を生み出せる人間は「普通の人」ではないのです。与謝野晶子は絶賛と同時に大バッシングも受けました。その責任を、鉄幹共々背負って生涯を生きたのです。文学というのは、どのような作品であっても、責任と覚悟の上に成り立っているものです。それを引き受けて人生をかけてやっているからこそ、多くの人々の心を動かすことができるのでしょう。あなたのお知り合いの方の歌は想像の恋歌なのか、実際のことなのかはわかりませんが、いずれにしろ、「不倫をしているかもしれない」と思われるというリスクを背負う覚悟で歌を提出したのでしょう。そしてそれが少なくとも評された方の心を動かしたのだとしたら、それは立派な作品と言えるのではないでしょうか。
しかし、あなたが「よくない」と思うことも自由です。「文学であっても、よくない、嫌いだ」と思うあなたの考え方はあなたのものです。他の人がいくらいいと言ってもそれに合わせる必要は全くありません、自分の感じ方を大切にすればよいと思います。それと同時に「文学なのだから、よい」「とても素晴らしい」という他の人の感じ方も大切にしてあげましょう。

やは肌のあつき血潮にふれも見でさびしからずや道を説く君　与謝野晶子
むねの清水あふれてつひに濁りけり君も罪の子我も罪の子　同
罪おほき男こらせと肌きよく黒髪ながくつくられし我れ　同

Q39 最近、詞書が付いた連作を総合誌などでよく見かけます。余計なことを書かずに、三十一文字で表現するのが短歌だと思うのですが。

【ポイント】「詞書」の効果

A

「詞書《ことばがき》」とは歌を理解してもらうために歌の前につける注釈（歌が作られた事情、背景など）のことです。古典和歌の時代には互いしかわからない贈答歌が中心だったことなどもあり、歌集にする場合は多くつけられていました。

現代短歌においては例えば、岡井隆のように、詩も手掛ける歌人にとっては、詩と短歌というものの境についての実験的な意味合いもあり、ひとつの作品として、効果的になる場合もあるかとも思います。しかし、日記のように、あれこれやたらに「詞書」を入れる作品については、安易な散文を読まされているような気がして、「それを短歌にしてはどうか」という思いがします。

例えば、「ルクセンブルクの学会に参加。K氏に会い、夜は本場のビールで乾杯」に以下のような歌が続くとしましょう。

ルクセンブルクの学会に参加。K氏に会い、夜は本場のビールで乾杯

酔ってなおクローン猿の是非をいうK氏の声のいまだに若し

これを、

学会の後のビールのほろ苦しルクセンブルクの夜の更けゆく
酔ってなおクローン猿の是非をいうK氏の声のいまだに若し

というように二首の歌に詠んではいかがでしょうか。

絵本より顔あげ空を見上ぐときポニーテールは五月の光

香織、三歳になる。横顔が学生時代の妻に似てくる

これは、

三歳になりたる香織の横顔は学生時代の妻に似てくる
絵本より顔あげ空を見上ぐときポニーテールは五月の光

と二首の歌にするより、詞書にした方が、詩情が増すような感じですね。しかし、もう一工夫すれば、この内容でも短歌になるような気もします。いずれにしろ、その「詞書」がどうしても必要なのか、じっくりと考えて、それでも必要と思えるなら、つければよいでしょう。

Q40 短歌を鑑賞したり、批評するとき、心得ておくべきことは何ですか。

【ポイント】鑑賞・批評の心得

A

本阿弥秀雄という歌人をご存じでしょうか。彼は「歌壇」や「俳壇」という短歌と俳句の総合誌を出している本阿弥書店の社主ですが、その本阿弥秀雄は十年ほど前から突然歌を詠み始めました。

昨年（二〇〇四年）の六月下旬、「歌壇」の企画で吉野に前登志夫氏をお訪ねする機会を得た。昼過ぎから夕方まで、前氏の詩歌全般についての示唆にあふれる話しを聞く輪の中に混じっていたが、その後半、自分も実作の場につき進んでみたいという思いが猛然と湧いてきた。

本阿弥秀雄歌集『ワープ』あとがき

ここには、人はどのようにして歌を詠むようになるかということについての興味深い心の動きが語られています。この文に続いて、「帰京してもその思いは消えなかったので、早速作歌を始めた」とあります。それから一年余で「あとがき」を引いた第一歌集の『ワープ』を上梓しています。そして十年足らずのうちに、第四歌集の『傘と鳥と』を上梓しました。

おそらく、「猛然と湧いてきた」作歌意欲が呼び水となって、長らく身ぬち深くに蓄積されていたものが汲み上げられたのだろうと思われます。

第四歌集『傘と鳥と』を鑑賞することによって、「蓄積されていたもの」の一端である短歌の技法（＝レトリック）を少し見ていくことにしましょう。

ぬばたまの夜がゆつくり降りてきてふはと被さる牡丹の花に
白鷺が刈田の縁に並び立ち家族なるらし　さねさし相模

この二首には枕詞が使われています。一首目の「ぬばたまの」は、手元の古語辞典（『全訳読解古語辞典』三省堂）によると、「『ぬばたま』の実が黒いことから、「黒」「夜」「闇」「夕」「髪」にかかり、転じて「夢」「月」などにもかかる」とあります。枕詞には意味がないとされていますので、五文字損しても、歴史的な厚みをもつ枕詞とそれがかかっていく「黒」などの言葉を呼び出す心理的な親密さを感じさせる得を取る効果があるように思われます。真っ暗な夜がゆっくりと白い牡丹の花をつつんでいくエロスさえ漂っています。

二首目の「さねさし」は相模にかかる枕詞です。一字あけて、結句にポンと投げ出された「さねさし相模」は、刈田の縁に家族のように並び立つ白鷺のいる景を俳句的に浮かび上がらせています。

しらうをの掬へば白きこと一寸しろうを鯊科にて撥ねまはる
一羽だけ向かうをむいてゐる雀十二月八日朝の電線

この二首は本歌取りの歌です。一首目は、松尾芭蕉の俳句「あけぼのや白魚白きこと一寸」（『野ざらし紀行』）を踏まえています。本歌取りは、本歌のイメージを一部分使って、そこへ自分なりの新しいイメージをつけ加える技巧です。失敗すると盗作になりかねませんが、うまくいくと表現の幅が広がります。下の句ではハ音をひびかせて「しろうを」のピチピチした様子をうまく表しています。

二首目の雀は、太平洋戦争に突入しようとしていた時代に刊行された金子光晴の詩「おっとせい」（『鮫』）の最後のフレーズ「ただ／『むこうむきになってる／おっとせい』」を踏まえているように思われます。「十二月八日」というのは、日本が泥沼の太平洋戦争の宣戦を布告した日です。その日付けにこめられている作者の戦争に対する思いは、「一羽だけ向かうをむいてゐる雀」に象徴されているのではないでしょうか。

火山礫累々と積む井のほとり残照を浴びわが立ちつくす

五七五七七の各句のはじめの音をたどると「軽井沢」になっています。これは折句という技巧ですが、浅間山の麓の情景も髣髴とさせる巧さがあります。

本歌取りやこの折句の歌に見てきたように、本阿弥秀雄には分厚い詩的素養の蓄積があったことは確かでしょう。もちろん枕詞や本歌取り、折句などの技法を知らなくとも短歌を鑑賞することはできますし、何度も舌に転がせて一首を味わうことこそが一番の鑑賞方法であることは言うまでもありません。しかしこの料理のおいしさはどこにあるのだろうと思うことがあるように、舌に転がせている一首にふと詩的感性を刺激され、揺さぶられるときは、千年以上にわたって詠まれ、読まれてきた和歌や短歌の培ってきた日本人的な感性が揺さぶられているということは心得ておくべきことでしょう。

Q41

ここ何年か地道に短歌を楽しんで作っています。日常の小さな出来事を、一首一首、丹念に書いていていますが、ときおり、まとまった作品を書きたいと思うこともあります。なにか手がかりになることはありませんか。　【ポイント】まとまった作品と主題

A

短歌の「主題」をお考えなのですね。あらたまった言い方ですが、「短歌を書く」という意思を持ち続けていれば、いずれそういう「場」に出会うこともあるでしょう。一方、ひとつの問題意識を掘り下げて短歌の世界を作り上げる方法もあります。短歌を長く手がけている人の作品からは「訴え」や「問題提起」が見えることがしばしばあります。

まず、人生の「場」を捉えて「まとまった作品」が書かれている例を紹介します。自身の体験を正面から見据えて一巻に纏めた著作があります。『頑張ろう、新膀胱』、これには「大山敏夫歌集＋どきゅめんと」と副題がつけられていて、短歌二一一首と、三週間の入院期間の日付の入った「どきゅめんと」があります。

大山敏夫

ふたたびの三階病棟への自動ドア開かれて入りぬひとつ息を吸ひ
さあ行かうと歩き出すとき手術着の総身撫づるごとき風立つ
薄闇の集中治療室看護師はただ黒く来て黒く去り行く

傷むのは縫ひ合はせたる数箇所の傷口か弱き己《おの》がこころか
ははそばの母を繋ぎし臍を巻く「?」《はてな》のかたち手術の痕は
命ある限り呑み続けゆくといふ重曹が甘いとこの頃思ふ

癌と診断されての入院時の心境、手術直前の思い、集中治療室での状況、術後の痛みや手術痕の描写などから引きましたが、それぞれに体験なくしては得難い思いが込められています。もちろんここに挙げない多くの苦痛や無念や希望も切実無比に綴られています。

これに添えて、施療状況とそれに伴う時々刻々の心境が、ほぼリアルタイムにおどろくほどの克明さを以て記録されています。その一方で、これらの記述が、しばしば、エッセイ特有の気品とエスプリを交えて名状しがたいジャンルを形成しています。

もちろん、激痛で動けない時期の描写は、後日の再現によるのでしょうが、何よりも、手術に対して、むしろ、欣然と立ち向かい、結果的に自己の強さ弱さをあますところなく描いた所業に、作者の芯の強さと同時に短歌という容器の偉大さを感じることができます。

これと対照的な例を引きます。こちらは、いわゆる連作です。先の例が、いわば、「出会う場」であるのに対して、こちらの方は、「創り出す場」といえるでしょう。

秋の雲ひんやり冷えて浮かぶなり老人あまた消えゆくこの世　　川野里子
消えた老人消された老人消えさうな老人あつまる児童公園
老い母の陽だまり遊具の象がゐて幼子のやうな老母《はは》乗せたがる
老母の手を離してはならず離したき心あるゆゑ離してはならず
その先をたどれざる生もう誰もついてくるなといふ生ありぬ
でんでら野この世とあの世のあはひには愛の重荷を降ろす国ある

歌集『硝子の島』の「でんでら野」14首からの抄出です。一連には冒頭に、「行方不明の老人一万人」との詞書《ことばがき》があって、社会問題になっている「老人の行方不明」という、作者が抱える問題意識が提示されています。

「でんでら野」というのは、「遠野物語」に見える、もはや労働力たり得ないと自覚した六十歳以上の老人たちが、みずから世間から身を引いて、子らや孫らに乏しい食を譲るために、里を離れて移住したと伝えられる山野の区域の名です。作中では、お年寄りの集まる児童公園に見えるさまざまな人間模様や心裡の彩を掬い上げて、そこに、複雑な心情の絡み合う現代の「でんでら野」を見ているのです。

冒頭で「老人あまた消えゆくこの世」と指摘した上で、児童公園に目を移してお年寄りの描写、老母とその子との思いの仔細が描かれます。四首目に至って親子の微妙な関係に迫ります。「放す」ではなく「離す」です。「離間」の「離」、介護者と被介護者の複雑な思いを、先に介護者側から、次の作では被介護者の側から迫ります。

このあたりをピークとして、散文の論説以上に老人問題の中核を描き出しています。最後にこの微妙複雑な関係を「でんでら野」に寄せます。一連、冒頭の作の「この世」を最終の作の「この世」で受けるなど、すぐれて構成的です。

この作品の真骨頂は、読後に読者に深く考えさせる力を持っているという点にあります。「そういう気の毒な風習があったのか」「いや、今だって変わらない」など。

作者はここを「愛の重荷を降ろす国」と定義して見せました。この「愛」は「恩愛」にほかなりません。

いずれにせよ、これらの「場」をとらえるためには、日頃から、身構えておくことが大切だということです。心の準備をしておくということです。それも、がちがちした気持で待つよりも、広い視野でゆったり待つほうがいいでしょう。

Q42

最近どうも短歌が面白くありません。マンネリになっているような気もします。と言って止めたいわけでもなく、何だか冴えない毎日です。壁に突き当たったのでしょうか。

【ポイント】短歌の壁との付き合い方

A

何事も一生懸命やり続けるとそうなるようです。ある種の疲れかもしれません。私も何度かそういう思いをしていますし、身近にも多くの例を見てきました。大きく分けると経験的にその対応には三種あります。いや、どう考えても三種類しかありません。

その一は「壁に正対する」対応、その二は「壁をいなす」対応、その三は「何もしない」対応（そう呼べるかどうかは別）です。具体的にいくつかのケースについて書いてみます。

マンネリの壁　自作がどうも同じ傾向になってしまう。変り映えがしない。

対処法　①自分と同じ傾向の作品を、あるいは好きな歌人の作品を集中的に読む。

②自分の苦手な歌人、読んだことのない歌人の作品をぼつぼつ読む。

③何もしない。

批判の壁　歌会で受けた否定的な批判が忘れられない。

対処法　①その歌会に引き続きしつこく出席し、積極的に発言する。

②別の会に出かける。

③何もしない。

倦怠の壁　どうも短歌がつまらない。自分でもやる気が低下していると思う。

対処法　①初心に帰って昔いちばん好きだった歌集を読む。それを書き写してみる。

②短歌ときっぱり離れ、別のジャンルのものを濫読する。

③何もしない。

ここでの①の対応は正対型、正攻法です。これは壁を「ハードル」に見立てて跳び越えようとする形です。原因を自分で考え、友人に相談し、分析を重ねして原因究明をするのです。これが、一番まっとうなのですが、これができれば苦労はない、という感じを否めません。

②はいわゆる気分転換です。問題とは正対せず、疲れた神経を休めて、その活力を違う方向に向けることです。「いなし」ですね。ただ、本来の目的は「短歌」にありますから、いずれ機を見て本筋に戻る必要は残ります。ここでの読書は自由ですが、私がお勧めしたいのは「脳科学」の本です。この手の本は「地図」と一緒で、難しい理屈は書かれていません。「地図」というより「旅行案内」に近いでしょう。自分の身体の取扱説明書として読めば、視点を根底から変えてくれるかもしれません。つまり、壁を突破するのではなく壁と付き合おうとする形です。自分の体の仕組みを知って、幾分かでも自ら自分をコントロールできることに気付くのも無意味ではありません。

③は何もしないとはいうものの、本当に何もしないかといえば、実はそうではありません。童話で、靴屋のおじいさんとおばあさんが寝ているうちに小人さんが靴を作ってくれている、という話がありますが、同じようなことが実際に頭の中で起こっていると言います。睡眠中でも「下意識」を司る脳は働いていて、ここで我知らず考えている。そしてある時ひょっこり意識にのぼってくる、というわけです。睡眠中と同じことは休眠中にも起こります。「果報は寝て待て」の自力解決版といえます。

ここまで書いたところで、これから私の見解を述べます。

教育学の分野で「練習曲線」ということが言われます。ご存じの向きも多いでしょうが要約してみます。

殆どの技術は練習によって向上します。その進歩や向上の過程は、横軸に練習期間、縦軸に成果をとった練習曲線で表わせますが、そのカーブには一定の法則があるとされています。まず、最初は「初発努力」といわれ、興味ややる気に沿って強い努力が示され、大きな右上がりカーブになります。ところが、ある時期になると、プラトー（高原）期に入ります。カーブが寝てしまうのです。これは、飽き、疲労などのために進歩、上達が一時停滞する現象で一般的に生ずるとされています。しかし、これは一定期間後に、新たな「気づき」によって再び相応の努力がなされ、効果が顕著になり、右上がりの曲線になるというのです。

こう考えると、気が乗らない時期があるのは人間の当然の成り行きなんだ、一時的なものなんだ、と自認して、気楽に時を待つのがどうやら正解のようです。

もうひとつ、心理学で指摘されているさらに耳寄りな理論を紹介します。

それは、一般に人は「価値観が変わるときに停滞感を覚える」という説です。こう考えると停滞感は、転換もしかしたら飛躍の前触れを、「もう一人の自分」が予知してのことかも知れません。これを信じて、期待して、というより、軽い楽しみとして、しばらくの間は、「やり過ごしながら生きる」のも良いではありませんか。理論万能ではありませんが、あなたは、面白い「踊り場」におられるのかも知れません。

大切なのは自己コントロールの意思です。壁には「もたれかかる」こともできるのです。

友が皆我よりえらく見ゆる日よ
花を買ひきて
妻としたしむ

石川啄木

第五章　短歌と生活

Q43

歌会等で批評をする際に、詠草プリントの作品を読まされます。皆さん、朗々とお読みになっているのですが、私は恥ずかしくて上手くできません。声を出して短歌を読むときのコツがあったら教えてください。

【ポイント】短歌のリズムと朗読

A

宮内庁の歌会のように格式のあるものは別ですが、勉強のために開催されている歌会での短歌の読み方は基本的には自由です。詩吟や朗読などの心得がある方は独特の節を付けて巧みに読まれることもありますが、そのような真似をする必要はないと思います。ただ、やはり、作者が心を込めて作った一首ですので、心を込めて読みたいものです。心を込めてというのは、ここでは「極端な抑揚をつけて思入れたっぷりに」ということではありません。言葉がきちんと伝わるようにすればよいのです。そのためには、①大きな声で　②ゆっくり　③五・七・五・七・七のリズムで、の三点に留意することです。

①大勢の前で大きな声を出すのは、慣れないうちは恥ずかしいことですが、実は小さな声でぼそぼそ読む方が聞いていて恥ずかしい感じがします。大きな声で明るく、これを心がけましょう。時にはカラオケで歌を歌ってみるなどということも大きな声を出せる練習になります。

②読むことに慣れていない人は、「なるべく早く読み終えてしまいたい」という気持ちから、

無意識に早口になってしまいます。殊に、前半より後半を急ぎ足にしてしまいます。短歌は余韻を味わうものですから、これでは、せっかくの一首が台無しです。下句にかかったときは、「ちょっと、ゆっくりすぎるかなぁ」と思うくらいが、聞いていて、ちょうど良いのです。もし、家に録音できるラジカセなどがあったら、短歌を読んで録音してみてください。随分早口になっていることがわかるはずです。

③あまり、ブツブツ切れ過ぎになってもいけませんが、基本は五・七・五・七・七のリズムで区切りながら読みます。これは当たり前といえば当たり前ですが、では、「句跨《またが》り」の歌の場合はどうしたら良いのでしょうか。

嫁《ゆ》かずして透きとほりつつある姉が沓下に水色の百合繡《ぬ》ふ　　塚本邦雄

この歌を言葉の意味で区切って読めば、

嫁かずして　透きとほりつつある姉が　沓下に　水色の百合繡ふ

となり、五・七・五・七・七で区切って読めば、

嫁かずして　透きとほりつつ　ある姉が　沓下に水　色の百合繡ふ

となります。

このことについては諸説あって、例えばＮＨＫのアナウンサーなどの場合は、言葉の意味で区切りますし、現代歌人の多くもそうしています。しかし、短歌のリズムを非常に重視し、意味では切らずに、「五・七・五・七・七」で区切って朗読し、文脈としては不自然ななかにこそ味があり、韻律の美しさがあり、逆に言えば、そのような味や、美しさが出ないようなものなら、「句跨り」の作品を作るべきではない、と考える歌人もいます。短歌の基本は「五・七・五・七・七」ということを踏まえた上で、最大級の効果を狙っての作為があってこその、敢ての「句跨り」ではなく、言葉をみつける努力をせずに、安易に短歌の基本を崩した作品を作るな、ということへの警鐘でもあるかと思います。

結論として、どちらの読み方が良いのかと言えば、歌会などで、あらかじめプリントが配られるものでしたら、自分で何度も作品を声に出して読み、どちらが、その歌の良さを聴いている人に伝えられるかを考えて、自分がしっくりくる、と思うやり方で朗読すればよいと思います。普段から、そのような練習をしておけば、その場で読まなければならない場合でも、とっさにどちらが良いか判断できるようになります。

いずれにしろ、吟味し、苦労してものにした「句跨り」の渾身の一首ですので、大切に朗読したいものです。

最後に付け加えたいのが、先ほど、「心を込めて読むことは、極端な抑揚をつけて読むことは違う」と申しましたが、極端な抑揚をつけて、思入れたっぷりに、お芝居のように、ドラマチックに短歌を読む場合もあります。朗読会などでは、時には、極端に早口にしたり、スローにしたり、大きな声で、あるいは囁くように、読み手の感性のままに自由に表現し、聴き手の心に訴えるのです。

最近は若手の歌人でも、ツイッターなどで告知し、カフェやフリースペースなどで朗読会を開催している者も増えているようですが、現代の短歌朗読の第一人者は福島泰樹でしょう。ピアノやドラム、時にはギターや尺八、ヴァイオリンなどを従えて、短歌を「絶叫」します。都内では毎月の定例ライブもあります。仲間の歌会での詠草を読む参考にはならないかもしれませんが、短歌の世界が広がること間違いありません。一度覗いてみてはいかがでしょうか。

二日酔いの無念きわまるぼくのためもっと電車よまじめに走れ　福島泰樹
たったひとりの女のためにあかあかと燈しつづけてきたるカンテラ　同
東京に未練はなきを肩に降る九段の櫻　白山の雪　同

Q44

歌会の詠草のプリントや、勉強会のプリント、思いついた短歌を走り書きしたメモや手帳等がバラバラになっています。良い整理の方法はありますか。

【ポイント】作品の整理法

A

パソコンが普及して以来、少なくなったとはいえ、短歌に関わると紙類がかなり沢山溜まるものです。せっかく作った作品や貴重な資料が、必要な時に行方不明になりかねません。私の短歌教室の生徒さんに勧めている整理の方法をお教えします。

まず、プリント類は、百円ショップなどに売っているA４サイズのクリアファイルに入れます。「歌会の詠草」「勉強会の資料」「お知らせ類」と色分けをします。背表紙に内容がわかるように書いておきます。このようにして整理しておくと一年、二年、三年たてば、詠草プリントは「仲間との作品集」に、勉強会のプリントは「歌書」になります。一番初めの頁には仲間との写真などを入れるのも楽しいですよ。自分の歌がだんだん上達してゆくのもわかり勉強にもなります。勉強会の資料は必要な時に何度も読み直すことができます。

クリアファイルは、大きさが揃い、場所も余り取りませんので非常に便利です。

走り書きした短歌のメモや、歌を書き留めた手帳などは、少し大きめのお菓子の箱、あるいは籠を用意して、構わず放り込みます。色々な場所にしまい込むと後で忘れてしまいます。

リビングの片隅などに置いて、どんどん放り込んでゆきます。そして時間がある時に、ゆっくり、ノートに書き留めたり、パソコンに打ち込んだりします。ノートをご使用されている方は大丈夫ですが、パソコンの方は、二十首か三十首くらい溜まったらプリントアウトして、やはりA４サイズのクリアファイルに入れて保存しておくことをお勧めします。

パソコンは突然、壊れるものです。「せっかく打ち込んだ作品が全て消えてしまった」という歎きをよく聞きます。バックアップを取っているから大丈夫という方もいらっしゃると思いますが、紙でとっておけば、貴重な「MY歌集」になります。将来、仲間と合同歌集を作ったり、個人の歌集を作ったりする際にも、大変役に立ちます。ダメだと思った歌でも、腕が上がり、改作すれば素晴らしい一首になる可能性があります。きちんとわかりやすく整理して大切に保存しておきましょう。

Q45

「歌会」に出席してみようと思います。色々な方に自分の短歌を読んでもらえると思うとワクワクします。でも酷評されたらどうしましょう。上手に他人の作品を鑑賞する自信もありません。

【ポイント】「歌会」参加の心構え

A

「歌会」は読者から作者へのステップアップですからやはり行ってみたいですね。

「歌会」とひと言で言いますが、どのような集団の歌会なのかで雰囲気も違います。公民館等で開催している同好会、有名歌人が講師のカルチャーセンターの短歌教室、結社の歌会、結社を超えた歌人の集う歌会、またネット上だけで実施されるネット歌会も存在します。

私の場合、まず市の広報紙で募集していた短歌同好会に参加しました。費用は公民館の会場使用料と講師への謝礼が賄える月五百円くらいです。あらかじめ取りまとめの係の方へ作品（詠草）を郵送して、会の当日に作者を伏せた全員の作品を掲載したプリントが配布され、出席者が順番に鑑賞して評をします。その他に挙手や司会者の指名により評についての議論がなされ、最後に講師が締める形式でした。

カルチャーセンターは、それなりの費用はかかりますが、丁寧に指導が受けられるでしょう。ただ運営にはそれなりの月謝収入が必要なため、元々、講師と同じ結社の生徒が多く在籍する場合もあるようです。内容についても講師からの授業方式となることが多いようです。

結社でも、形式としては、やはり出席者の評を何名か聞いて先生が最後に締めるというのが、オーソドックスです。作者を伏せて実施する歌会のほか、作者を明かして評をするものもあります。内容は「自由詠」、「題詠」や「テーマ詠」などがあります。大所帯の大結社等は地区別に支部が存在して、定期的にあるのは支部の会だけで、全体で集まるのは全国大会で年に一度くらいのようです。あこがれの有名歌人のいる結社に入ったのに歌会で会えることはごくわずかで、同じ歌会に参加していても「会う」というより、遠くから「見る」という場合もあるでしょう。

The 歌会・ジェネレーションギャップ

題詠『職』（この文字を使う）

例歌1　**常磐線押され押されてまだ奥へ我が職業はモーレッ社員**　　**団塊歌人**

例歌2　**腰掛けも家事手伝いもOLも職業選択の自由あはははあん**　　**バブル歌人**

例歌3　**いつだって赤字で「急募」の職種なり　飲食業と介護業界**　　**フリーランス歌人**

年代によって同じ題から思い浮かべることは違うものです。

歌会で一番大切なことは鑑賞です。出席するといろいろな「読み」があることに驚きます。あなたの作品についても、いろいろと鑑賞され、ときには作歌の意図と違う鑑賞があるかもしれません。酷評されても気にすることはありません。人間性を否定されるわけではありませんから。とにかくたくさんの方の鑑賞を参考にして鑑賞力を磨くのが歌会出席の目的です。こればかりは経験が大切です。ひとつ助言をさせていただけるなら「作中主体＝作者」と考えないことです。こう考えてしまうと鑑賞の幅が非常に狭められてしまいます。歌会の鑑賞でよく使われる用語についてまとめてみます。参考にしてみてください。

作中主体

短歌の中に登場する主人公。作者自身とは限らない。

散文的

説明的であること。文章っぽいこと。

定型

短歌の決まったかたち。5・7・5・7・7のこと。

破調（字余り・字足らず）

定型に収まらないかたち。31音より多かったり、少なかったりすること。

一字あけ・分かち書き

意図的にスペースが挿入されていること。分かち書きは意図的な改行があること。

相聞歌・挽歌

相聞歌は好きな人に送る歌や恋愛の歌。挽歌は亡くなった人を追悼する歌。

折句

句の頭文字を並べると何らかの言葉となる歌。

もう一つ歌会の醍醐味を。どの歌会もほとんどと言っていいくらい終了後に「二次会」と称して飲み会が実施されます。これ、重要です。みんなの前では恥ずかしくて聞けなかったことを講師や作者にこっそり聞けるチャンスです。情報交換や自分をアピールする場でもあります。飲めないのなら無理してお酒を飲む必要はありませんが、時間が許す限り出席するのが上達への道であり歌会に参加するメリットです。

気をつけなければならないのはネット歌会です。相手の顔が見えませんから、上辺だけの鑑賞や評になることも、大炎上してしまうこともあるでしょう。知らない人の中に飛び込んでいくのは勇気の要ることですから、きっかけとしては良いのですが、最終的には実際に出かけていって仲間を作ることが大切です。また、評は口で言ったことよりも、恐ろしく遠くまで拡散していってしまい、元に戻すことも不可能です。このためか、ネット歌会は比較的、「いいね」が多く甘い環境であると言えるのではないでしょうか。ネット歌会でも「オフ会（オフラインミーティング・実際に集まって行う歌会）」と称しての飲み会は実施されることがあります。それを機会に「ネットじゃない歌会」に発展していく場合もあるようです。

Q46

短歌を日記代わりに詠むという人がありますが、日記を付けるように毎日詠むことに意味はあるのでしょうか。また自分史、家族詠としての短歌を詠むということは短歌のテーマとしてどのように読者に伝わるのでしょうか。【ポイント】日記代わりの短歌

A

日記代わりに短歌を詠む人は多くあるようです。日記にその日の出来事を事細かく記録したいと思うのなら、散文のほうがより正確に記録できるでしょうが、自身の精神的な悩みも、他人には言えない出来事も記しておきたいが誰かに知られては困ると思うのであれば、一首ずつの短歌にすれば三十一音に収めるための言葉の凝縮、省略、喩といった方法で、自身のみの記憶としての短歌での日記も素敵なものになることでしょう。同じように家族を詠むことも楽しみの一つになると思います。

ただ自分史となると、どこまで表現し得るかと考えればかなり困難な作業になると思います。自分のなかの短歌にどう向き合うかの問題にもなるでしょうが、たとえば初めて短歌を読んだときからの作品を年代順において、その変化を見つめてゆくという短歌のみの自分史ということは可能でしょう。

また日記であるからと安易に出来事を歌の形にしただけでは、読者に読み応えのある作品にはならないでしょう。そこにはやはり短歌としてのリズム感も、一首として一日のドラマも存在させたいと思います。ユーモアもあり、相聞もあり、抒情に富んだ歌も欲しいといえるでしょう。何より作者にとって短歌であることの意味が必要かと考えられます。

以前、毎日の出来事を記録として短歌に日付を入れて一年の出来事を詠んだ歌集を目にしたことがありますが、休むことなく一年三六五日詠み続けるための努力に感じいりました。歌としての形式も方法も保ちながらの作歌には、それ相応の覚悟がなければ良い作品は生まれないといえるのではないでしょうか。散文の日記を付け続けるよりも大変でしょうが、三日坊主の日記ではなく永続させられる人には散文よりも学びがいもあって、続けることで一つずつの壁を乗り越えられれば、面白みも達成感も素晴らしいものとして享受できるのではないかと思います。

そうした日常を詠むときに心したいことは、素直に物事をとらえて詠むことだけでなく、視線をずらして斜めから見てみる、あるいはちょっと裏側を覗いてみたいといった歌心も必要になってくるでしょう。そこで歌で詠む日記の素材、家族の生活の細やかな心遣いも葛藤も作品として生きてくると思います。

つきつめて男はみんな痩せ我慢　冷奴《やっこ》にずぶり箸を突き刺す　山野吾郎
薩摩揚げ海老の唐揚げあたりにて熱き歌論の止むことはなし　同

弱りたる父を見にゆく海の上の橋に灯れるみかん色の明り　小見山輝
魚一匹火だるまとなる火だるまとなす女ありたり　高瀬一誌

一首目は日常における男性の心理として上句があり、一字開けて事実という状態が詠まれていますが、下句も心理的な様子としても受け取れる面白さがあります。ここでは一字開けの効果もうまく生かされていて、単なる日常詠の退屈さから日常をちょっと斜に構えて詠まれて効果的だと思われます。

二首目も巧みに省略がされていながら誰にも場の想像ができる作品として形成されていて巧みな表現といえましょう。ここに日付を付しておけば作者にとっては日記代わりにもなる作品だと感じます。

三首目は家族詠といえるもので父の様子を見に尋ねる作者の気持ちがうかがえます。「橋に灯れるみかん色の明り」が上句をうけて不安からいっとき穏やかさを取り戻す作者の想いと感じられます。

四首目は日常のいわゆる生活の一場面ですが、口語とも文語ともつかぬ作者独自の表現で、「火だるま」という過激な言葉を使うことで、何事でもなく魚を焼くという家庭の一場面の様子を表現していながらその陰に、だから女は恐ろしいという思いが隠されているように受け取ることもでき、読者をアッと思わせるインパクトを持っています。

このように日記として毎日一首ずつでも詠むことで、短歌の何かが作者に見えてくることが大切だと思いますが、なにより永続させようという覚悟がないと散文の日記のように三日坊主に終わってしまうということだけは考えておくべきかと思います。短歌の上での自分史というものも家族詠も作者の考え方、表現の仕様で十分よい作品が生まれることも可能であると考えますが、作者の努力が最も大切であることはもちろん、日常をうっかりと過ごす事なく、視野を広げ何事にも好奇心を抱いてあたることが大切ではないでしょうか、そこから歌心が生み出す作品はきっと日常を越えた出来栄えとおもしろさを、作者自身にも読者にも届けてくれるということを信じたいものです。

Q47

いずれは歌集を出版したいです。その参考にするため色々な方の歌集を読んでみたいです。書店に行っても到底自分とはレベルの違いすぎる「有名歌人」の歌集しかありません。

【ポイント】歌集への興味（入手と刊行）

A

本を買うときの基本といいますか、普通は手にとってパラパラと軽い立ち読みしたいものですが書店には歌集はほんのわずかしか在庫がありません。また、歌集は自費出版が多いため書店に流通しないのです。

国立国会図書館ならば献本制度のおかげでだいたいの歌集が読めますが、個人貸出しはありません。都道府県立図書館や市町村立図書館はネットで予約できたりしますから便利ですが、貸出に制限のある場合があります。具体的には私が五百部を自費出版した歌集で調べてみると、市立図書館では貸出可能ですが県立図書館では「郷土資料」扱いで貸出し不可でした。図書館は公立であればお金がかかりませんが、閲覧となると時間が制約されてしまうのも残念です。

インターネットを利用すると歌集の出版社はほぼ注文フォームがあるので入手可能です。時間の制約もありませんし、送料や振込手数料を負担してくれる出版社もあります。また、新品にこだわらないならインターネット書店で中古をかなり安く買えることもあります。歌集は二千円から三千円と結構な値段ですから「新品同様の中古」は掘り出し物とも言えます。自費出版した著者から贈呈を受けた有名歌人が放出した歌集が出版後一ヶ月くらいで出回ることになります。ただ、発行部数の少ない歌集は話題となると出版社にもネット書店にも「在庫なし」となってしまう場合もあります。

新しい歌集の出版情報については歌集に強い書店のウェブサイトのリストが信用できます。自費出版を含む歌集が納品されているこのような書店では、出版社から納品のあった歌集が出版日順に掲載されています。

書店で立ち読みできない歌集ですが、ここで耳より情報です。書店で手に取れる短歌総合誌は「年鑑」を文字通り年に一度発行しています。主要歌人の最近の代表作品や連絡先が掲載されていますので、それで好きな歌人を見つけてください。自費出版であれば歌人の手元に歌集の在庫があるはずです。手紙などで連絡してみることをお勧めします。ご本人の了承を得て掲載されている連絡先です。たとえ、突然の手紙でも決して悪い気はしないはずです。

耳よりをもうひとつ。「文フリ」です。「文学フリマ」は文学作品のフリーマーケットです。新刊のみの取り扱いで古書は扱いません。公式サイトで開催情報が公開されていますが、東京では年二回、あとは大阪、京都、金沢、福岡、岩手及び札幌等で開催され、最近は歌集も多く出品されます。「フリマ」の文字でアニメとかコスプレとかを思い浮かべるかもしれませんが、ご想像のような若い歌人ばかりではありません。運がよければ著者に会えますしサイン本の入手が可能です。かなり熱気がありこれからは「フリマ」が主流になってくるかもしれません。理想である「手にとってパラパラ」もできますし。

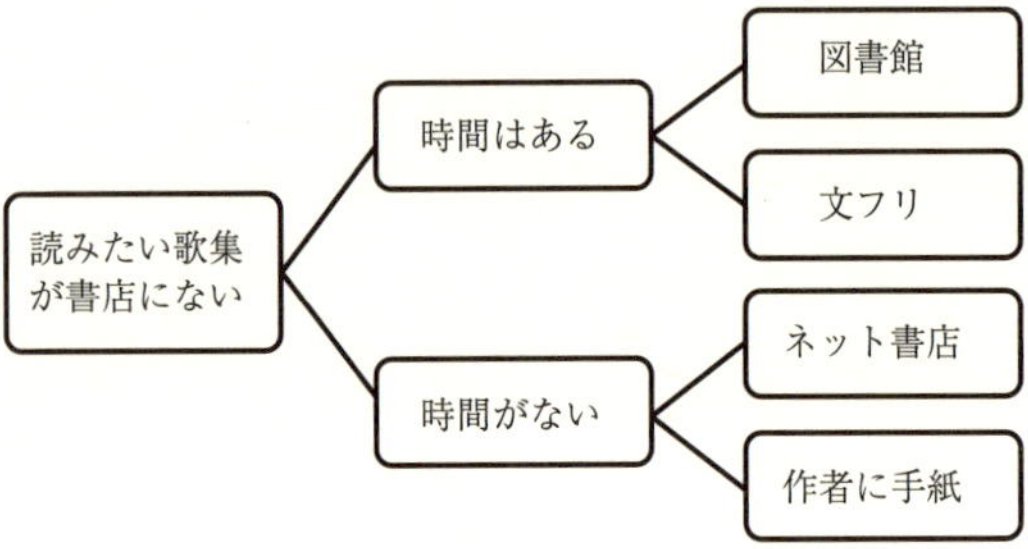

図書館

- メリット
  ほとんどの歌集あり
- デメリット
  貸出不可もあり

文フリ

新しい歌集に会える
作者に会える

ネット書店

- メリット
  掘り出し物の可能性
- デメリット
  売り切れの可能性

たくさんの歌集を読んで参考にして、あなたにぴったりの歌集の形を見つけてください。歌集は高価ですが総合誌より歌人のこだわりに触れることができます。あなたの歌集の出版に大いに役立つことでしょう。では歌集を出版するにはどうすればよいのでしょうか。

俵万智さんが『サラダ記念日』を出版される前、取材で「歌集を出版するため電子レンジも買わずに貯金している」と答えたと聞いたことがあります。俵さんのように総合誌等の受賞をきっかけに歌集を出版される方は多いのですが、それでもほとんどは自費出版です。ある程度の出費は覚悟しましょう。

歌集出版して大きく変わることとは、いつか風化して忘れ去られてしまうかもしれないあなたの作品が、出版物として自分の知らない人の手に届いて、予想もしない人の批評を受けられるかもしれないということです。

歌集を出版するのは、短歌総合誌を出版している出版社、その総合誌に広告を載せている出版社が主となります。ネットなどで費用を抑えられる出版社も見かけますが、献本及び贈呈先等のノウハウが違いますから、歌集を専門としている出版社をお勧めします。

Q48 Twitterなどで「有名歌人と繋がることができる」のは本当ですか。またおかしなことに巻き込まれたりしないか心配です。

【ポイント】SNSへの効果的な関わり方と限界

A 現在、主なSNS（ソーシャル・ネットワーキング・システム）と特徴は簡単にあげると次のとおりです。

- **Ameba（アメーバ）**
  ブログサービス（著名人のブログなど）
- **FaceBook（フェイスブック）**
  実名登録制
- **Google+（グーグルプラス）**
  検索エンジン（Google）が運営
- **GREE（グリー）**
  モバイルゲームが有名
- **Instagram（インスタグラム）**
  「インスタ映え」で有名な写真共有サイト
- **LINE（ライン）**
  無料でメールや通話やチャットができる
- **mixi（ミクシィ）**
  同じ趣味のコミュニティ（交流サイト）
- **Skype（スカイプ）**
  インターネットを使ったTV電話
- **Twitter（ツイッター）**
  「ツイート（つぶやき）」の投稿

なかでも短歌関係はmixiやTwitterが多いです。どちらも実名登録性ではなく一人で複数のアカウント（SNSにログインするための権利）を持てることが特徴です。mixiは匿名でやりとりをしていますが、ある程度相手が誰であるかお互いに認識しているようで、運営者のチェックも厳しく荒れる（炎上する）ことは少ないです。加藤治郎さんや大辻隆弘さんなどは「Twitter で様々な発言（つぶやき）をして話題になります。本人であるか（「なりすまし」ではないか）の確認は「認証済みアカウント」を参考にできます。また、作品を特定の時間に自動ツイートするbot（ボット）などは塚本邦雄や葛原妙子なども存在していて読み応えがあります。さらに、歌会の案内や自分の作品を名刺代わりに投稿する歌人もいます。

有名歌人から初心者まで様々な歌人との交流が楽しめるＳＮＳですが、この世界はあくまで一部であり全てではありませんので、費やすことのできる時間やネットに関する知識などを勘案して、あなたなりの関わり方を選択して楽しんでください。

レベル１
閲覧のみの無反応
レベル２
「いいね」のみで書き込みはしない
レベル３
好きな歌人と交流
レベル４
作品発表して評価を受ける

ご心配のトラブルが多いのも事実です。安易に個人情報は書き込まないことをお勧めします。また、アカウントの閉鎖や開設は簡単ですから「あれっ」と思うことがあれば速やかに対応しましょう。

Q49

これまで何年か書き溜めたノートを見ていますと、それなりに自分の成長らしきものも見えるのですが、こういうことをしていて、果たして歌の最終目標はどういうところにあるのだろうかと考えることがあります。もちろん、自分自身の問題であることはわかっていますが、どういう風に考えたら良いか、迷うこともあります。【ポイント】作歌の最終目標

A

ご自分でもわかっておられるようですが、恐らく、何を目指して作っていったら良いのか、と迷っておられるのだと思います。そういう自問自答は作り続ける上でのいわば宿命かも知れません。いろいろな考え方がありますが、私の信じるところをお答えします。

短歌の目標にはいろいろあります。「自分の思いを日常の中で素直に積み重ねたい」という本来の形で十分とする人もいるでしょうし、「賞を獲りたい」「歌集を出したい」などと、具体的な目標を考える人もいるでしょう。

作歌するときに向く方向にはふたつあると思います。ひとつの方向は「賞を獲りたい」「有名になりたい」のように「他者による評価に関連するもの」です。もともと、「獲る賞」とは陸上競技の競走のように結果が数値で出るものに限られ、審査をともなうものは「頂く賞」だということです。なぜなら、これは評価者の主観の結果に拠るものだからです。

そして、もうひとつの方向は「自分自身の満足に関わるもの」です。

前者が悪いとは言いません。「チャレンジ精神」や「功名心」はものごとの推進力になりますから。ただ、他者の評価というものは、実作者にとって、微妙かつ深刻な問題が常に絡みます。一口に他者と言ってもその多くが実作者であり、そのさまざまな実作者がさまざまの主観で評価するからです。ですから、歌会の席での評や投稿歌に対する評には、もちろん、謙虚に耳を傾ける必要はありますが、耳を傾けた上で、時にはその意見を押し返す強さも持たなければ、押し流されてしまいます。それでは自分自身で作歌する意味がありません。

人の評に一喜一憂することはありません。結果的に褒められるのは良いが、褒められようとするのは本末転倒です。皆、同じ人間です。相応の自信を持ち、怯まないことも大切です。十分な研究・努力を重ねれば揺るぎのない境地に至らないはずはありません。

ですから、私は、この二つの方向それぞれを、心ゆくまでやってみたら良いと考えます。二兎が目に入るならば、ある時には白い兎を、別の時には黒い兎を追ってよいと思います。

もうひとつ。「最終目標」とはいいながらも、目標とは人生の過程や、それぞれのライフステージで、どんどん変わってゆくものです。「初志貫徹」のためには、ときには迂回も必要です。現実的な、そのときどきの「当面の目標」は、自身の置かれた段階ごとに変ってゆくべきものなのです。決して頑なに固執するものではありません。

ただ、質問への回答としてはこれでは曖昧です。少し絞りましょう。私は「短歌に没頭する」というよりも「自分の生活に短歌を取り入れる」くらいの方が良いと思います。「道を究める」よりも、「自分自身にとっての短歌の価値を考える」ことです。たとえば、「短歌で自分の花園を作ろう」とか「短歌で自分史を作ろう」とかいう標語を作ってみると親しみやすいかも知れません。

話は変わりますが、投資家の間に、「美人投票」という言葉があります。新聞に女優百人の写真を出して、「最も美人だと思う人に投票してください。一位を選んだ人を対象に抽選で賞品を出します」と広告すると、多くの投票者は「自分が一番美人だと思う人」ではなく「皆が選びそうな人」に投票するというのです。そしてこの傾向が、金融市場の人気銘柄についてもよく当てはまる、という理屈です。この理屈を、創作に当てはめてはなりません。他者の意見を聞きながらも、自作の価値を最終的に決めるのは外ならぬ自分自身です。

くどくど書きましたが、要は、「皆が良い歌だとするであろうもの」に傾くことなく「自分が良い歌だと信じるもの」を作るべきだと言いたいのです。

ただ、「自分が良い歌だと言い切れる」ためにはそれなりの見識を養う必要があります。それには何と言っても古今の多くの作品を丹念に読むことでしょう。評文を読むことも、短歌の読解力の大きな助けになります。実際に評文も書いてみるべきです。書こうとして一首に向かえば、その短歌の本当の凄さをしばしば理解・感得できるはずです。他者の短歌に感動できないうちは、短歌の本質を真に理解しているとは言えないと私は確信しています。

そういう過程を踏んだ上で、私は、個人の最終の目標は「自分の金字塔」を建てることだと考えています。「自分の」というところがミソです。決して「他人様の、皆さんの」評価ではありません。また、この「自分の金字塔」というのは「自己満足」ということではありません。ここは、自信をもって、「自己実現」というべきです。どう違うのでしょうか。「自己実現」というのは、ひとつひとつ自分で設定した課題を納得いくまでこなして始めて到達できる境地だろうと思います。少しずつ着実に蓄えた自信や自負に裏付けられた「自己実現」は、何の根拠もない空疎な「自己満足」とは根本から違います。さらにその上には「自己超越」という境地があるという理論さえあるのですから。「自己超越」とは、その主題に取組む前には想像だにできなかった「高み」を指すようです。

Q50 どうしたら、上手い短歌が作れますか。短歌が上達する方法を教えてください。

【ポイント】短歌上達の方法

A

短歌の実作者にとって、もっとも素朴でもっとも率直な質問かもしれません。「上達」とは〈技芸が上手になること。〉ですから、私も常に向上心を忘れず上達したいと思っています。ただし、「どうしたら、上手い短歌が作れるか」と訊かれますと、その言葉自体がどうにも軽薄に思えてきて、「上手い短歌が良い短歌ではない」などと屁理屈を書いてみたくなります。また、良い歌が上手い歌とも限らないような気がします。土屋文明は「歌はやればやるほど下手になる」と言ったそうで、次のような歌を残しています。

作るほど下手になるといふ理論自ら明かす如く作り来ぬ
我よりも下手な歌あるを見るは楽し楽しみながら歌につながる

文明ならではの作品です。「作るほど下手になるといふ理論」を自ら実証する如く長く歌を作ってきたというわけです。この二首とも上手い短歌と言うよりも良い歌だと思いませんか。上手か下手か? 良いか悪いか? 好きか嫌いか? いずれにしても読者の主観的、感覚的なものです。例えば歌会での高点歌は上手い歌で、良い歌であるべきはずですが、必ずしもそうとは限りません。選歌の理由を問うたとき「わかりやすかったから」などと答える人がいるような歌会で高点を得ても話になりません。

短歌を愛するA君は毎年のように総合誌や地域の短歌賞の類に挑戦しては落選していま す。そんなA君と先日、次のような会話をしました。

A君「新人賞受賞作を読んでも全然良いと思わないのは何故だろう?」

私「パリやミラノのコレクションに出てくるような洋服を着て、コンビニに行く人はいないということだよ。」

誰もが納得し、誰からも認められる受賞作品など存在しませんから、突拍子もない装いでモデルのような歩き方をする必要はなく、清潔感のある普段着で肩肘を張らず、背筋を伸ばして颯爽とゆけばよいのです。「草野球」や「草競馬」があるのですから「草短歌」という思想があってもよいのではないでしょうか。草短歌のそよぐ草原にちらほらと花が見え、その中に実を落とすものがいくつかあれば十分ではないかと思うわけです。

ですからあなたの言う「上手い短歌」が具体的に何を指すのかわからない以上、答えを導く術はないと思われます。どうしたら上手い短歌が作れるかではなく、どうしたら「短歌が上達するのか」という点に絞って考えてみたいと思います。

「八雲」創刊号の対談「短歌と文学」で折口信夫は次のように語っています。

歌よみはあんまり玄人といふ意識を持ち過ぎてゐますからね。（略）本当の読者は歌よみから言へばあんなものは門外漢だといふわけですよ。（略）づぶの素人などにはわかり様がない。やはり読者として経験を持たぬ人には安心して批評は任せておけない（略）此が一番歌の不幸なことに違ひないと思ひます。

読者が作者を選ぶのではなく、作者が読者を選ぶ短歌の性質が述べられています。私は、詩魂（詩精神）ある読者が詩魂ある作品に触れ、詩魂と詩魂がぶつかり合ったその刹那に響く世にも美しい音色が感動だと考えています。短歌作品に詩魂があることを前提として、読者にもそれを求めるのです。読者に詩魂がなければ作品の鑑賞はできないでしょう。逆に作品に詩魂がなくても読者に詩魂があって、その作品にできる限り寄り添って鑑賞するとその短歌がいっぱしの芸術作品にもなり得るのです。つまり、詩魂ある読者の鑑賞の仕方によって、その短歌が生きることも死ぬこともあるということです。そこが短歌の恐ろしいところで、危ういところでもあるのです。このように短歌上達の秘訣のひとつに「信頼できる読者を得る」ということが挙げられます。初めのうちは師であったり、仲間であったりということになるでしょう。次に近現代を代表する作品のほんの一部を紹介します。

【明治】

父君よ今朝はいかにと手をつきて問ふ子を見れば死なれざりけり　落合直文

われ男《を》の子《こ》意気の子名の子つるぎの子詩の子恋の子あゝもだえの子　与謝野鉄幹

【大正】

みづうみの氷は解けてなほ寒し三日月の影波にうつろふ　島木赤彦

桜ばないのち一ぱいに咲くからに生命《いのち》をかけてわが眺めたり　岡本かの子

【昭和】

こんなにも湯呑茶碗はあたたかくしどろもどろに吾はおるなり　山崎方代

飛ぶ雪の碓氷《うすひ》をすぎて昏《くら》みゆくいま紛れなき男のこころ　岡井　隆

あの夏の数かぎりなきそしてまたたった一つの表情をせよ　小野茂樹

たつぷりと真水を抱きてしづもれる昏き器を近江と言へり　河野裕子

ひまはりのアンダルシアはとほけれどとほけれどアンダルシアのひまはり　永井陽子

【平成】

ハロー　夜。ハロー　静かな霜柱。ハロー　カップヌードルの海老たち。　穂村　弘二〇一三年発行の『新・百人一首　近現代短歌ベスト一〇〇』に収録されている作品です。岡井隆、馬場あき子、永田和宏、穂村弘の四名によって、生年順に明治天皇（一八五二年生）から穂村弘（一九六二年生）までの百首が選ばれています。期間にして約一〇〇年間、この時点で平成も四半世紀を迎えているわけですが、平成から採られたのは穂村の「ハロー　夜」だけです。選者の顔ぶれが若返ればまた違った「近現代短歌ベスト一〇〇」になるでしょう。

文語あり、口語あり、正調あり、破調あり、歴史的仮名遣いあり、現代仮名遣いあり、同じ「短歌」という一括りに分類してよいのかと思えるほど多種多様です。

さて、すでにお気づきでしょうが、短歌上達の秘訣のもうひとつが、「秀歌と呼ばれる作品を読む」ということです。昔の短歌入門書の類は何の説明も解釈もなくただ単に先達の作品が並んでいるといったものだったそうです。なぜこれが秀歌なのかと考えながら読むのです。すると「明らかにこれは秀歌ではない」という作品をあなたは見つけるかもしれません。自分の読みを信じられるようになること、それが上達なのです。

執筆者リスト

梓　志乃

Q03 短歌に詩性を持たせる
Q12 時事詠と旅行詠（報告歌からの脱却）
Q15 口語自由律と破調
Q46 日記代わりの短歌

石川幸雄

Q13 古典・近代短歌から学ぶもの
Q14 前衛短歌から学ぶもの
Q16「句割れ」と「句跨り」
Q17「作中主体」と「作者」
Q18「写生」と「写実」
Q23「独りよがり」と「共感」、何を以て自作の核とするか
Q26 一首独立と連作
Q50 短歌上達の方法

井辻朱美

Q21 常套でない「オノマトペ」
Q24 短歌のふくらみ
Q27 日々の着眼のヒント（食べ物）
Q28 日々の着眼のヒント（家族）
Q29 日々の着眼のヒント（身体）
Q31 雅語、俗語、外来語の効果

小谷博泰

Q04 口語と文語の相違点
Q05 旧仮名と新仮名の表記法
Q19「代作」と「虚構」
Q20「比喩」の用法と効果

水門房子

Q30 固有名詞が世界を広げる
Q45 歌会参加の心構え
Q47 歌集への興味（入手と刊行）
Q48 SNSへの効果的な関わり方と限界

武田素晴

Q06 注意したい文語表現
Q07 短歌の文法（動詞の活用）
Q08 短歌の文法（助動詞「たり」と「り
Q09 短歌の文法（助動詞「しし」と「
し」、「こし」と「きし」）

萩岡良博

Q02 俳句と短歌の違い
Q33「推敲」の重要性
Q34 短歌を読む醍醐味
Q35「しらべ」と「韻律」
Q37 読む楽しみ（奇妙な味わい）
Q40 鑑賞・批評の心得

森　水晶

Q22 喜怒哀楽のすぐれた表現
Q32「本歌取り」と「剽窃」
Q38「相聞歌」不倫と道徳
Q39「詞書」の効果
Q43 短歌のリズムと朗読
Q44 作品の整理法

依田仁美

Q01 主題・対象を見る方法
Q10 ふりがなの是非と効果
Q11 短歌のモード（抒情・叙景・述志
Q25 自分らしい歌
Q36 語彙収集の意味
Q41 まとまった作品と主題
Q42 短歌の壁との付き合い方
Q49 作歌の最終目標

武田 素晴（たけだ もとはる）
1952年 福岡県生まれ
「開放区」「えとる」を経て、2020年「余呂伎」短歌会。日本短歌総研会員。歌集『影の存在』『風に向く』（ながらみ書房）共著『この歌集この一首』（ながらみ書房）。

萩岡 良博（はぎおか よしひろ）
1950年 奈良県生まれ
前登志夫創刊歌誌「ヤママユ」編集長。現代歌人協会会員、産経学園奈良登美ヶ丘教室講師。歌集『空の系譜』（砂子屋書房）『禁野』（角川書店）『周老王』（ながらみ書房）他、評論集『われはいかなる河か——前登志夫の歌の基層』（北冬舎）。

森 水晶（もり すいしょう）
1961年 東京都生まれ
「響」所属、吾亦紅短歌会、向日葵短歌会、野蒜短歌会講師。現代歌人協会会員。第二回日本一行詩協会新人賞、第一回日本短歌協会賞次席。歌集『星の夜』（ながらみ書房）『それから』（ながらみ書房）『羽』（コールサック社）他。

依田 仁美（よだ よしはる）
1946年 茨城県生まれ
「現代短歌舟の会」代表、「短歌人」同人、「金星/VENUS」主将。現代歌人協会員、日本短歌総研主幹。歌集『骨一式』(沖積舎)、『乱髪 Rum-Parts』（ながらみ書房）『悪戯翼《わるさのつばさ》』（雁書館）。作品集『正十七角形な長城のわたくし』『あいつの面影』『依田仁美の本』(以上北冬舎)他。

【カバー画】
川田 茂（かわだ しげる）
1951年 栃木県生まれ 画家・歌人
東京造形大学造形学部美術学科絵画専攻卒業。齣展会員。全国にて展覧会多数。少年画集『トロポポーズの唄』刊行。日本現代詩歌文学館企画『天体と詩歌』に参加。歌集『隕石』『硬度計』他。中部短歌会編集委員、神奈川県歌人会役員、現代歌人協会会員。

執筆者略歴

梓　志乃（あずさ しの）
1942年 愛知県生まれ
1965年 現代詩から一行詩を目指し現代語自由律短歌をこころざす。現在「藝術と自由」編集発行人。現代歌人協会、日本文藝家協会、日本ペンクラブ会員。日本短歌総研に参加。歌集『美しい錯覚』(多摩書房)『阿修羅幻想』(短歌公論社)『遠い男たち』(北羊館)『幻影の街に』(ながらみ書房)他。

石川 幸雄（いしかわ ゆきお）
1964年 東京都生まれ
詩歌探究社「蓮」代表。2007年短歌同人誌「開放区」に参加、2018年日本短歌総研設立に参画。現在、十月会会員、板橋歌話会役員、野蒜短歌会講師、現代歌人協会会員。歌集『解体心書』（ながらみ書房）『百年猶予』（ミューズコーポレーション）他、評論「田島邦彦研究〈一輪車〉」（ロータス企画室）他。

井辻 朱美（いつじ あけみ）
1955年 東京都生まれ
前田透主宰「詩歌」解散後、1980年「かばん」創刊同人・現発行人。短歌研究新人賞、サンケイ児童文学賞、日本児童文学学会賞他受賞。日本文藝家協会会員、日本ペン倶楽部会員、日本短歌協会会員。歌集『地球追放』（沖積舎）『クラウド』（北冬舎）他。ファンタジー関連の著書、訳書多数。白百合女子大学教授。

小谷 博泰（こたに ひろやす）
1944年 兵庫県生まれ
「白珠」選者、「鱧と水仙」同人。現代歌人協会会員、NHK文化センター（梅田）講師。歌集『昼のコノハズク』『うたがたり』『シャングリラの扉』（以上いりの舎）他。

水門 房子（すいもん ふさこ）
1964年 神奈川県生まれ
短歌グループ「環」同人、「現代短歌舟の会」編集委員。現代歌人協会、日本歌人クラブ、千葉県歌人クラブ、千葉歌人グループ「椿」、「十月会」、「金星／VENUS」会員。歌集『いつも恋して』(北冬舎)『ホロヘハトニイ』(ながらみ書房)。

誰にも聞けない短歌の技法 Q&A

2018年6月10日　第1刷発行
2023年10月10日　第3刷発行

著　者　日本短歌総研
装　幀　片岡 忠彦
発行者　飯塚 行男
印刷・製本　シナノパブリッシングプレス

株式会社 飯塚書店
http://izbooks.co.jp
〒112-0002 東京都文京区小石川5-16-4
TEL03-3815-3805　FAX03-3815-3810
郵便振替00130-6-13014

ISBN978-4-7522-1042-9